青春

Kobenhavnertrilogi II

Ungdom

Tove Ditlevsen

托芙・迪特萊弗森＿＿著　吳岫穎＿＿譯

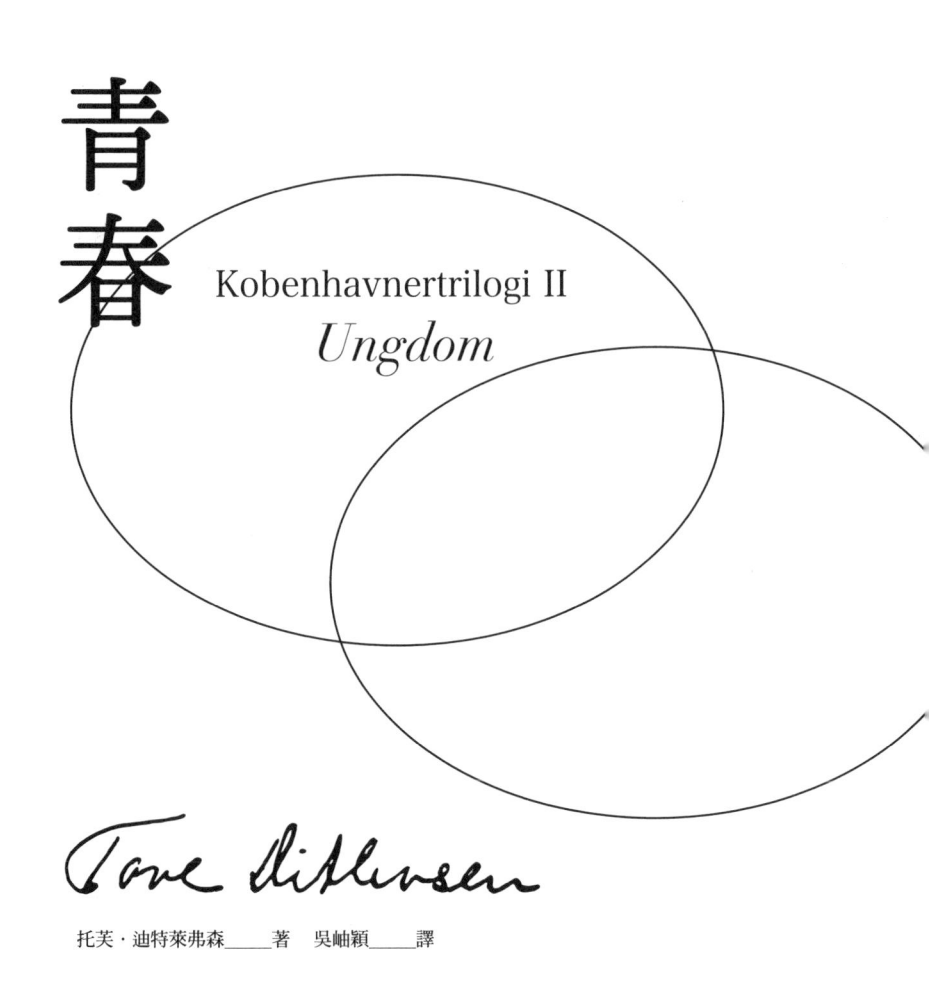

誠摯推薦

托芙在《青春》裡，向我們展示了一個全然新鮮的面貌——當然，她依然那麼內向，依然感到與這世界格格不入，但她也向我們展開了她的青春：除了不斷地換工作（而且相當厲害地愈換愈高薪），離家獨立租房生活，在酒吧與男孩子跳舞以及擁吻——這一切都煥發著青春的光彩，然而，她真正掛心的是詩的寫作，她企盼著智慧老人的啟引，更出版了第一本詩集。總總看來，《青春》無疑地描寫一個女孩如何向世界逐漸地展開了自己，像一朵內斂的鮮花緩慢地綻放。即使在這個世界裡，納粹出現並影響了人們的生活，但她依然睜著眼睛凝視著自己的詩，並念茲在茲。

——崔舜華（作家）

齊聲讚賞（按姓名筆劃排序）

王盛弘（作家）、林婉瑜（作家）、袁瓊瓊（作家）、郝譽翔（作家）、崔舜華（作家）、陳又津（小說家）、陳玉慧（作家）、趙又萱 Abby Ch.（作家、編輯）、劉中薇（編劇、作家）、蔣亞妮（作家）、鄧九雲（演員、作家）

年度選書

哥本哈根三部曲是一幅令人心碎的藝術家肖像。迪特萊弗森以精確而殘酷、極度自我意識的方式，反思了她的生活。從希特勒上台期間、她動蕩的青年時期，到她發現心中對詩歌的熱情，再到後來多次破裂的婚姻。雖然這些故事是幾十年前的作品，但她筆下所捕捉到那些複雜的女性生命旅程，是永恆的。

——《時代雜誌》非虛構類年度選書

偉大的文學，經典級的作品！令人激動的閱讀經驗，種種感動都告訴我們：這是大師級的經典傑作。哥本哈根三部曲，充滿讓人戰慄且讚歎的天賦。三部曲堪稱是迪特萊弗森華麗的回憶錄。以一種讓人驚嘆的清晰、幽默和坦率呈現，不僅照亮了世界的嚴酷現實，同時也點燃了我們私密生活裡那些難以言喻的衝動。

——《紐約時報》非虛構類年度選書

托芙的才華如此耀眼。就像艾莉絲．孟若，托芙是一位濃縮大師，短短幾頁便能捕捉婚姻生活整個故事。身為天生的作家，她憑著一股殺手本能，喜歡用引人入勝的章節開頭撲向我們。她持續訴說自身的被動與無能為力，但正是如此的特質讓本書充滿希望。即使寫作無法讓她擺脫自身命運，最終卻讓她超越了世界的期望，並以她自己的方式找到了真相。托芙創造了一個親密的世界。既悲慘又有趣，包含了吸引人的文字——即使翻譯成不同的語言，你也會想要大聲朗讀出來。

——美國公共廣播電台年度選書

國際盛讚

充滿渲染力與生猛勁道的懺情告白。大師級的傑作。

——《衛報》

為邊緣人的心靈所寫下的美麗敘事。

——帕蒂・史密斯（Patti Smith）

令人不安的耀眼光芒，大師之作。

——*VOX*

浪漫，卻又令人毛骨悚然，最終是毀滅。托芙被她自己敏銳的智慧所標記、傷害。她勇敢向讀者展示了自己，促使我們反思自己的傲慢。

——《紐約客》（*The New Yorker*）

語言優雅，自然、敏感、真實——充滿令人愉悅的精確震撼及觀察，而非我們通俗閱讀經驗裡所習慣的期待。這種體驗讓人暈眩，就像托芙進入了你的腦海重新布置所有的家具，而不一定是為了讓你感到舒適。本書的閱讀經驗正如情節緊湊的驚悚片，即便你想放下，卻已無法放手。

——《紐約書評雜誌》（*The New York Review of Books*）

哥本哈根三部曲的閱讀體驗帶著特殊的傑作體悟，有助於填補一種特殊的空白。三部曲的到來就像是在老舊辦公室抽屜深處發現的東西，被隱藏在襪子、香包和已故戀人照片的祕密裡。令人驚訝的，不僅是因為彷彿墨水未乾涸、方才寫就的那種即時與生動，更是因為這些故事——都是真實存在。

——《紐約時報書評》（*The New York Times Book Review*）

逐漸沉溺於成癮和瘋狂的過程非常出色。閱讀時的即時感與臨場感是哥本哈根三部曲與當代自傳小說的區別所在。她的寫作技術如此嫻熟，讓讀者在不知不覺中就能透過另一個人的思想體驗世界。

——《華爾街日報》（*The Wall Street Journal*）

哥本哈根三部曲是絕對的傑作，尤其是最後的終曲。這套作品如我們預期一樣出色，也出人意料地強烈和優雅，清晰而生動。

——《巴黎評論》（*The Paris Review*）

令人震驚之作……托芙的思緒隨著日記般的節奏自由流動，但在敘述中卻帶著獨特敏銳的觀察，告解似的書寫中散發鋒利的光芒……在她激烈冒險和特立獨行的人生中，這部大師之作堪稱是她的傳奇成就。

——《出版人週刊》，星級評論（*Publishers Weekly, starred review*）

讀者將從三部曲中發現，托芙無情的自我審視是多麼令人欽佩而又令人震驚。

——《書單》（*Booklist*）

有些作家的文筆恍若水龍頭中源源不斷的冰冷水流刺傷我們的手，有些作家的散文散發著溫暖的氣氛而令人愉快。丹麥作家托芙兩者兼具。她的文筆直截了當，簡單明快，卻催眠式的召喚出我們的閱讀渴望，在其藝術家生活和正常人間的故事裡拉扯。

——《波士頓環球報》（*The Boston Globe*）

沒有人像丹麥詩人托芙這樣，對童年有著如此令人難忘的描寫，或者同時運用如此多的希望和不祥的預感來描述寫作的衝動。

——*4 Columns*

就像擁有百年歷史的玻璃藝術精品，托芙的文字優雅、透明，帶有輕微扭曲的華麗紋路卻仍散發未受影響的美麗，但這種無縫的表面，只不過掩蓋了現實中令人不安而生畏的聲響。

——《洛杉磯書評》（*Los Angeles Review of Books*）

哥本哈根三部曲以真實的親身體驗和耀眼的第一人稱描繪出動人的故事。托芙將泥濘般不適且難以忍受的生活盡收眼底，且將其打磨成了尖銳的玻璃。

——《泰晤士報文學增刊》（*The Times Literary Supplement*）

強烈而優雅。

——《每日電訊報》（*The Daily Telegraph*）

托芙緊繃又直接的文風就像一道耀眼的光芒，揭示了二十世紀哥本哈根藍領階層女性的生活和愛情樣貌。

——《*STYLIST*》雜誌

Contents

誠摯推薦——003
年度選書——005
國際盛讚——007
青春——018

◎ 作者和家人後來搬入的公寓，位於威斯頓街。

◎ 作者和編輯初次見面約在新嘉士伯美術館的咖啡廳，這位編輯也挖掘她推出首部詩集，對其人生有重要影響。

◎ 韋斯特布羅街上的自由紀念碑，作者青春期的第二份工作就在附近。

◎ 作者青春期時常與友人徘徊的街道。

1

我的第一份工作，我只在那裡待了一天。為了早點抵達，早上七點半我就出門了，「妳在一開始的時候就必須特別努力。」母親說，雖然她自己年輕時，從來沒有辦法在同一個地方完成一份工作。我穿著堅信禮[1]隔天穿的連身裙，那是蘿莎莉亞（Rosalia）阿姨裁的。材質是粉藍色的羊毛，前端有摺子，因此我的胸部不像平常一樣看起來那麼平坦。我踩著單薄、耀眼的陽光走向韋斯特布羅街（Vesterbrogade），覺得每一個人看起來都如此地自由和快樂。當他們經過皮爾巷（Pile Allé）附近，那很快就會把我給吞沒的街門時，他們的腳步變得如舞者般輕快，而幸福住在瓦爾比山丘（Valby Bakke）的另一端。那暗黑色的入口有一股焦慮的氣味，使我不禁有點害怕，奧爾費特生（Olfertsen）太太會不會察覺，並以為那是我自己身上帶著的氣息。我的身體和動作變得僵硬古怪，我站在那裡聽著她飄移不定的聲音，替我說明許多許多事情，而在這些說明之間，她的聲音好像一個空的線軸，失控地在無法打斷的電流裡絮叨著無謂的瑣事；關於天氣、關於男孩，以及關於我超齡的身高。她問我有沒有帶圍裙來，我從空空的書包裡拿出了媽媽的圍裙。在圍裙的接縫處有個洞，只要是母親負責的東西，總是會有一些小問題，而我被這所觸動。母親在很遠的地方，我只能在八

1 譯注：基督教儀式，小孩滿十五歲在教堂進行堅信儀式，相等於成年禮。堅信禮是傳統習俗，如今卻已日漸式微。通常在堅信禮後，參加者會在家裡舉行簡單的招待會，提供咖啡和蛋糕，接受朋友和親戚送的禮物。有時，尤其在鄉村，堅信禮還要進行週年慶祝。按照傳統，堅信禮隔天也會買件新衣穿。

小時以後才能再見到她。我正在和陌生人打混，對他們來說，我只是一個被若干金錢買了若干時間付出體力的人。至於我的其他部分，她完全都不在乎。我們走進廚房的時候，一個穿著睡衣的小男孩跑出來。「早安媽咪。」他甜甜地說，同時貼著他母親的腿，投給我充滿敵意的眼神。太太輕輕地把他拉開，說：「這是托芙（Tove），跟這位好心的女士打個招呼。」他猶豫地伸出手，當我握著他的手時，他威脅地說：「我說什麼，妳就做什麼，不然我開槍打妳。」他母親大聲地笑著，同時指著一個放著杯子和茶壺的托盤，要我泡好茶再一起端進客廳裡。然後她牽著男孩的手，踩著她的高跟鞋踏入客廳。我把水煮沸，倒入已經裝好茶葉的茶壺裡。我並不確定我做得對不對，畢竟我既不曾喝過茶，也不曾泡過茶。我暗想，富人喝茶，窮人喝咖啡。我用手肘壓下門把，走入客廳，隨即驚恐地站著不動。奧爾費特生太太坐在威廉（William）

叔叔的腿上——我幾乎忘了他的存在了，東尼（Toni）躺在地上玩著火車。太太立刻跳起來，在地板來回走動，寬大的袖子不時把陽光剪成憤怒的光影。「請您，」她嘶吼，「進來以前，記得敲門。我不知道您的習慣是什麼，但是在這裡，我們都是這樣做的，所以您最好開始習慣。請出去！」她指著門，我困惑地放下托盤，走出門去。不知為何，她對我使用像個大人般的敬語說「您」，如針般刺痛了我。我不曾經歷過這種情況。當我走出玄關，她大吼：「現在敲門吧！」我敲門。「進來！」她這樣說，這一次，她和威廉叔叔分別坐在各自的椅子上。我滿臉通紅，感到羞辱，馬上就認定了，我不喜歡他們任何一個人。這多少有點幫助。喝完茶後，他們兩人走入睡房換好衣服。接著威廉叔叔握了握那母親和男孩的手以後，便出了門。顯然的，我是一個連再見都不值得說一聲的人。太太接著給了我一張用打字機打出來的長長清單，上面寫著我一整天在不同的時間點裡該做的事。然後她再次消失在睡房裡。當她再次出現時，臉上帶著冷峻而銳利的表情。我發現她化了濃妝，並散發出一種不自然的、毫無生命力的朝氣。我覺得她之前還更好看一些。她跪在地上親吻著還在玩耍的男孩，然後站起來，對著我的方向輕輕點頭，便消失了。過了一會兒，男孩站起來，拉著我的裙子，奉承地望著我。「東尼想要鯷魚。」鯷魚？我無語，對於兒童的飲食習慣，我一無所知。「不行。這裡寫著……」我仔細讀著時間表，「十點鐘，給東尼吃黑麥粥；十一點鐘，水煮蛋和一顆維他命；一點鐘……」他不想再聽下去。「哈娜（Hanne）每次都給我吃鯷魚，」他不耐煩地說，「其他的東西，她自己會吃掉，妳也可以這樣做。」哈娜顯然是在我之前的家務助理，再說，我也沒辦法逼一個只想吃鯷魚的孩子吞下其他食物。「好吧，」我說，大人們都走了以後，我的心情也好了一些。「鯷魚放在哪啊？」他爬上一張廚房椅子，拿下兩個罐頭，接著在一個抽屜裡找到開罐器。「打開。」他急切地說，把開罐器遞給我。我打開罐頭，應他的要求把他抱上餐桌。接著，我讓一尾接一尾的鯷魚消失在他嘴裡，當魚都被吃完以後，他要求到樓下的院子裡去玩。我幫他穿好衣服，把他從廚房的後樓梯間送下去。我可以從窗戶監督他玩。接著，我必須打掃房屋。清單中有一項寫著：「用掃地機清理地毯。」我找到了那一台沉重的怪物，把它拖到客廳裡的紅色地毯上。為了試用，我把它開到一些短短的線頭上，然而那些線頭卻未消失。於是我搖了搖又弄了弄那機器，結果蓋子打開了，一堆髒東西掉到地毯上。我沒辦法將它裝回去，也不知道該如何處理那堆髒東西，於是就把那些東西都踢到地毯下，再把地毯踩平。折騰了這半天，想必已經十點了，我肚子也餓了。我吃下了東尼的第一份食物，再吞下兩顆維他命丸補充體力。接著換到下一項工作：「把每一個家具用水刷一遍。」我驚訝地看了看單子，再環顧著家具。這太奇怪了，但是這裡顯然是這樣做的。我找到了一把堅硬的刷子，在一個臉盆裡裝了冷水，再次從客廳開始。我堅定且認真地擦洗，直到洗刷了大半架三角鋼琴。我忽然覺醒，發現有些大大的不對勁。在三角鋼琴美麗、光亮的表面，被刷子刮出了上百道細細的刮痕，我不知道該如何在太太回家以前，把這些刮痕處理掉。驚恐如冰冷的蛇爬過我的皮膚。我拿起清單再讀一遍：「用水把**所有**的家具刷一遍。」無論我如何理解清單上的工作，指令都很明確，並沒有排除鋼琴。難道它不算家具？時間已經一點了，而太太五點鐘會回來。我感受到對母親的一種火燒眉毛的渴望，認為自己不應該再浪費任何時間。我迅速脫下圍裙，朝窗外喊著東尼，跟他說，我們要出門到玩具店去看看。他上樓來，我幫他穿好衣服，牽著他的手衝下韋斯特布羅街，他幾乎跟不上我。「我們到我媽媽家去，」我氣喘吁吁地說，

「去吃鯷魚。」母親看到我在這個時間出現，感到非常訝異，但是當我們進到屋裡，我告訴她有關被刮花的鋼琴以後，她大笑起來。「我的天啊，」她喘著氣，「妳真的用水刷鋼琴？啊！怎麼會有人那麼笨啊！」忽然之間，她嚴肅起來。「妳聽好，」她說，「妳就算回去，也沒什麼用了。我們絕對可以再幫妳找個地方工作。」我非常感恩，但是並不驚訝。她就是這樣，如果當初由她決定，艾特文（Edvin）也可以換個地方當學徒。「是的，」我說，「但是父親那裡怎麼交代？」「啊，」她說，「我們告訴他有關威廉叔叔的事就行了，他受不了這樣的事情。」我們被一種歡樂的氣氛給占據了，就像舊時那般。當東尼哭著要鯷魚時，我們帶著他到伊斯特街（Istedgade）去買了兩罐。四點鐘以前，母親帶著男孩回到奧爾費特生太太家，取回了圍裙和書包。而母親一直沒有告訴我，太太對那台被損壞的鋼琴究竟說了些什麼。

2

我被自由紀念碑（Frihedsstøtten）[2]附近一間位於韋斯特布羅街的招待所雇用了。對母親來說，把我送到城的另一端，和把我送去美國一樣難以想像。我早上八點上班，在一個烏煙瘴氣且油膩的廚房裡工作十二個小時，那裡永遠都沒有平靜和安寧。當我下班回到家，總是過於疲累，除了上床睡覺以外什麼也沒辦法做。「這一次，」父親說，「妳得好好做下去。」連母親也說，有事做對我來說是好的，再說，「威廉叔叔」這個藉口也不能再次使用了。我只想著如何才能逃離這個毫無慰藉的人生。我不再寫詩了，因為日常生活裡找不出任何靈感。我也不去圖書館了。雖然每個星期三下午兩點以後我就下班了，但是我也只是馬上回家睡覺。招待所的擁有人是彼特森（Petersen）太太和小姐。她們是母女，但是我覺得她們看起來一樣蒼老。除了我之外，還有一個十六歲的女孩，名叫伊爾莎（Yrsa）。她的地位比我高得多，當房客們用餐時，她穿著一件黑色的連身裙，套上白色的圍裙和白色的帽子，捧著沉重的盤子來回奔波。她是侍女，工作是伺候客人們。兩年，彼特森太太和小姐答應我，兩年以後她們會讓我伺候客人，到時我就可以和伊爾莎一樣每個月領四十克朗的酬勞。目前我每個月領三十克朗。我的工作是確保爐子一直持續有火，以及打掃住在那裡的三個客人的房間，同時也要打掃廁所和廚房。儘管我已經急匆匆地在做事了，我

2 譯注：位於哥本哈根中央車站對面的自由紀念碑，是一座二十公尺高的方尖碑，為了紀念西元一七八八年廢除農民制的農民改革而建立。

還是經常來不及把工作做完。彼特森小姐罵我：「您母親從來沒教您怎樣把抹布扭乾嗎？您從來沒有洗過廁所嗎？您臉上是什麼表情？為了您好，我希望您永遠不會經歷比這個更糟糕的事！」伊爾莎嬌小而瘦弱，她有一張蒼白的尖臉，鼻尖微微向上。當彼特森太太和小姐睡午覺的時候，我們在餐桌旁喝咖啡，她說：「要不是妳的指甲經常那樣黑黑髒髒的，妳早就可以服務客人了。我曾經聽彼特森太太這樣說。」或者：「如果妳偶爾也洗洗頭髮，就可以讓客人見到妳。這一點，我很確定。」對伊爾莎來說，在招待所外面的世界並不存在，她人生最高的目標就是在每一個用餐時間裡，在餐桌與餐桌間奔來跑去。對於她，或者彼特森太太和小姐那些恍如彈弓裡彈出的小石卻從未擊中要點的話語，我都不予回應。當我和伊爾莎洗著碗盤，而彼特森太太和小姐在我們身後爐子上的大鍋子裡煮食時，她們總是聊著她們的各種疾病，她們換了好幾個醫生，然而兩個人一直都還是感到身體不適。她們患有膽結石、動脈粥樣硬化、高血壓，全身上下都有的疼痛，體內神祕的疾病，以及每次吃東西時，胃部對她們發出的黑暗警告。每逢星期天，她們會特意經過格羅寧恩街（Grønningen）的殘障之家，只為了看看殘障人士，以讓她們心情變好，而且出於惡劣的私慾瞧不起所有的人。她們對招待所那些房客有著特殊的反感，當她們往伊爾莎的大盤子裡舀食物時，客人所有被討論的私密細節都被她們聽在耳裡，同時她們總是嘮叨地抱怨這些人是多麼能吃。有時候，我覺得她們那些低下、惡毒的想法沁入了我的皮膚，讓我幾乎無法呼吸。然而更多時候，我覺得這樣的人生是如此讓人難以忍受的沉悶無趣，我總是帶著哀傷回憶我那多變且充滿故事的童年。狹窄而細長的片刻裡，當我清醒到足以和母親聊個幾句的時候，我問她這棟樓裡和家裡發生了哪些事，並且貪婪地吞下這些美味的消息。潔妲（Gerda）

現在在嘉士伯（Carlsberg）啤酒廠工作，而她的母親則在家照顧小孩。露絲（Ruth）開始和男孩子們約會，「這是可預見的，」母親說，「你永遠都不該領養別人的小孩。」艾特文失業了，也開始常回家看看。「但是妳不必難過，」母親說，「因為現在他的咳嗽也減輕了。」然而這還是讓我覺得有點驚慌，因為父親總是說，技工是不可能失業的。「哦天啊，」母親有點激動地說，「我差點忘了告訴妳，卡爾（Carl）姨丈住院了。他病得非常嚴重，不過以他那種生活方式，這倒也不讓人意外了。蘿莎莉亞阿姨每天都去探訪他，但是他死了，對她來說才是最好的事。伊爾瑪超市（Irma）的人造奶油漲了兩厄爾，是不是太過分了？」「那現在是四十九厄爾了。」我說，我一直對物品的價錢都非常了解，因為我經常跟母親或獨自到城裡去。「只希望妳父親可以持續留在奧雷斯塔德發電廠（Ørstedsværket），」她說，「他現在已經在那裡工作三個月了，雖然要輪夜班不是那麼有趣的事。」她喋喋不休的聲音在逐漸擴大的黑暗中，溫柔地在我身邊旋轉，直到我雙手撐在桌上睡著。

一個晚上，我以同樣的姿勢醒來，聽見咖啡杯鏘鏘作響，空氣裡有咖啡香。半清醒中，我抬起頭，眼光被報紙上的一個名字給吸引：編輯布羅赫曼（Brochmann）。我立即清醒過來，盯著這名字看，漸漸地，我理解了，這是一則訃告。我覺得自己被狠狠抽了一鞭。我從未想過，兩年期限未滿，他居然會這樣死去。我覺得他背棄了我，再次把我遺棄在一個對未來沒有一丁點卑微希望的世界裡。母親倒了一杯咖啡，接著把咖啡壺放在他的名字上。「喝吧。」她說，然後在桌子的另一端坐下。她說：「俊美路維（Ludvig）到收養院去了。他母親去世了啊，所以他們就來把他接走了。」「是啊。」我說，並且再次感到我們之間是如此地相隔遙遠。她說：「等妳拿到那輛腳踏車就好了。只剩下兩個月而已。」「是。」我說。我每個月給家裡十克朗，再存十克朗到銀行裡當退休金，剩下的十克朗留給自己。而此時此刻，我對那輛腳踏車毫不在乎，對於所有的一切都不在乎。我喝著咖啡，而母親說：「妳怎麼那麼安靜？沒什麼事吧？」她語氣尖銳，因為唯有當我的心完全安放在她那裡，沒有自己偷偷保留屬於自己的私密時，她才會喜歡我。「如果妳不停止這些古怪的舉止，妳永遠都嫁不出去。」她說。「我也不想結婚。」我說，雖然此刻我坐在這裡，正是考慮著這樣一個絕望的出路。我想起童年的陰魂：穩定的技工。我對技工沒意見，是「穩定」這兩個字，杜絕了所有明亮的未來夢想。就像下著雨的灰色天空，沒有一絲絲的陽光可以滲透進來。母親站起來。「嗯，我們該去睡覺了。明天我們都得早起呢。晚安。」她站在門邊說，看起來有點疑心，也有點不太高興。她離開後，我把咖啡壺移開，再次閱讀那訃告。在那名字上有一個黑色十字架。我彷彿看見他友善的臉，也聽見他的聲音：「過兩年再來吧，我的朋友。」我的眼淚流在報紙的字母上，我覺得，這是我人生中最沉重的一天。

3

我陷入了一種長期昏昏欲睡的狀態，這奪走了我的每一股動力。「您連走路都在睡覺啊。」彼特森太太和小姐說，對於她們對我的譴責，我越來越不為所動。我失去了每晚和母親聊天的動力，一個傍晚，當艾特文帶著托瓦爾特（Thorvald）的邀請而來時，我拒絕了。我沒有興趣和這個喜歡我的詩的年輕人出門跳舞。或許他父親認識另外一位編輯，或許那位編輯也會在我足齡，寫出真正的、屬於大人的詩之前死去。我因為不敢再讓自己失望而打了退堂鼓。夏天來了。傍晚，我回家的路上，涼風像一條絲巾，冷卻了我爐子般熱烘烘的臉，而年輕的姑娘們穿著淺色連身裙，和她們的情人牽手漫步。我覺得非常寂寞。那些在垃圾間的女孩們，我只認識露絲，當我穿過院子的時候，她總是對我大聲問候。我抬頭望著前棟樓的牆，被人生和回憶淹沒，我童年時那堵哭泣的牆，在它背後，人們吃飯睡覺爭執和打架。然後我穿著唯一的夏日連身裙——有著藍色斑點和泡泡袖裝，走上樓梯。偶爾玉德（Jytte）會坐在客廳抽菸，她邀請母親一起抽。母親笨拙、生澀地抽著菸，老是讓煙燻著了眼睛。現在玉德在香菸廠工作了。父親說，這些香菸都是偷來的，而母親根本不在乎。她總是要有一個比她更年輕許多的朋友，因為她自己還是那麼地年輕而有活力。然而她的黑髮還是長出了銀灰色的線條，她的臀部也胖了。為此她經常到利爾斯科夫街（Lyrskovgade）上的公共澡堂去做蒸汽浴，每每從那回家後，她會興奮地說其他的太太們都太肥胖。

一個晚上，招待所廚房後門的門鈴響了起來，我打開門，看見露絲站在門外。「妳好，」她微笑著說，「妳現在要回家了嗎？有些事，我想告訴妳。」「好，」我說，「妳在外面等一等。」我把最後的洗碗水倒掉，脫掉圍裙，接著溜出去找她。彷彿她是我的一個祕密聯絡人，沒有人會發現她。她想要什麼呢？已經很長的一段時間，沒有人和我有任何關係。她穿著白色短袖帆布連身裙，腰間繫著黑色漆皮寬腰帶。她塗了唇膏，眉毛和母親一樣都拔光了。雖然她的身形還是長得嬌小，但在我眼中看來相當成熟。我們一路沉默，一直到走到了街上，露絲才開始滔滔不絕地說起話來，彷彿我們之間從來沒有任何隔閡。她告訴我，敏娜（Minna）離開學校了，現在住在奧斯特布羅（Østerbro）她工作的地方。「奧斯特布羅？」我驚訝地重複。「是啊，」露絲說，「但是她一直都有點少根筋。」我以為我會高興露絲這樣形容敏娜，但是並沒有。我只是想，露絲永遠都不會想念任何人。她聳聳肩就把敏娜從她的人生裡排除，就如約一年前，她想必也把我排除在她的人生之外那般。她心裡沒有空間可以容納深刻及變化多端的情感。我們走到了桑德維斯街（Sundevedsgade），停在我平常會拐彎的路口。「但是妳還沒聽聽我想告訴妳的事。」露絲說。我有點勉強地跟著她繼續走下去，母親這會兒等不到我回家了，如果時間再久一點，她就會到招待所去找我。如果她們告訴她，我已經離開，她肯定會以為我遭遇了什麼意外。但是露絲如往日那樣，散發著一種淡淡的魔力，她總是能讓我做些自己不會去做的事。露絲告訴我，她有男朋友了，十六歲，名叫埃維德（Ejvind），住在美國路（Amerikavej）。他是技師學徒，他們未來會結婚。他奪去了她的童貞，那感覺真的是「該死的美好」。然後她認識了一個非常富有的男人，他是古書商，住在老國王路（Gl. Kongevej）。她想要我跟她到那裡去一趟。她曾經獨自去拜訪他，但是他卻試著勾引她，她大義凜然地說自己不會背叛埃維德。那名富商叫克羅赫（Krogh）先生，他有個好朋友霍爾格．比耶爾（Holger Bjerre），克羅赫先生可以請他幫忙露絲成為表演女郎。「妳也可以哦，」露絲說，「他答應過我。」「我？」一絲絲的希望滲入我的心裡。表演女郎每晚都在舞台上跳舞，白天的時間則是完全屬於自己，想做什麼都可以。我知道，家裡永遠不會允許的，然而，當我和露絲在一起的時候，世界從來都是這樣的不真切。「妳知道嗎？」露絲接著說，「他很老了，也病了。我去拜訪他的時候，他猛咳嗽、打噴嚏和氣喘，我差點以為他要死於心臟病。他獨身一人，如果我們對他好，他或許會讓我們繼承他的一切，這樣埃維德就可以有自己的修理店了。」她用那雙清澈、堅韌的眼睛興奮地望著我，她的瘋狂計畫讓我心情大好。我很清楚露絲要我做什麼，於是我說：「我可不願意，但是我願意見見他。」露絲用手掩著嘴巴大笑，同時用大拇指擦了擦鼻子。露絲說，他看起來有點可怕，但是我必須想想金錢，以及我們那即將成為表演女郎的未來。克羅赫先生住在一棟樓的頂樓，那裡看起來根本不像住著一個百萬富翁。我們按了門鈴，門的另一端傳來劇烈的咳嗽聲。「妳聽，」露絲小聲地說，「他根本就時日無多了。」接著是一連串防盜門鏈和鑰匙發出的聲響，過了好一會兒，門被打開了一個縫隙，克羅赫先生的臉出現了。他懷疑地看了我們一會兒，然後解開防盜門鏈讓我們進去。「啊，」我脫口而出，「好多書啊！」書本和我只在博物館看過的大型畫作幾乎成了客廳的壁紙。克羅赫先生在我們坐下以前，不發一言。他專注地看著我並友善地問：「妳喜歡書？」

「是的。」我說；我更進一步地觀察他。他沒有露絲說的那麼老，但是也不年輕。他禿頭，臉頰胖而通紅，彷彿經常在戶外散步。他棕色的眼睛跟父親一樣帶著一點憂鬱。我喜歡他，也感覺到他對我也有好感。他為我們泡咖啡，露絲問起他有沒有跟霍爾格·比耶爾談過。「沒有……可惜他剛好去度假了。」當他看著露絲的時候，他的眼神在她身上游移，幸好，他看起來對我沒什麼興趣。他招待我們吃蛋糕，跟我們聊天氣，聊城裡的女孩如何像鮮花由石板路間綻放。「那，」他說，「是讓人心曠神怡的風景。」露絲覺得無聊，在桌子下用腳踢我。我問：「我也可以成為表演女郎嗎，克羅赫先生？」「妳！」他驚訝地說，「不，妳完全不適合。」「她可以，」露絲抗議，「讓她去燙髮、化妝之類的就可以了。她不穿衣服的時候很好看。」我滿臉通紅，生平第一次對露絲感到懊惱。克羅赫先生從露絲轉向我，說：「妳們兩個究竟是怎麼湊到一起的啊？」我問他能否看看那些書，當他得知我喜歡詩時，他告訴我詩集都放在哪裡。我隨手取出一冊書，翻開。我滿心歡喜地讀著：

——壺裡盛滿了酒
大地暮色蒼茫。

波特萊爾（Charles Pierre Baudelaire）[3]的《惡之華》（*Les fleurs du mal*）[4]，我翻看了書名頁，然後走向克羅赫先生，請問他這名

3 譯注：一八二一年～一八六七年，法國詩人，是象徵派詩歌的先驅，也是現代派的奠基者，以及散文詩的鼻祖。

4 譯注：波特萊爾於一八五七年出版的詩集，內容以頹廢和性為主。這本詩集對象徵主義和現代主義文學發展有重大影響。

字該如何發音。他告訴我，並且說，我可以把書借走，只要我答應他一定會把書歸還。我答應了，然後重新坐到桌旁。這時我才發現，克魯赫先生穿著晨袍。他再次劇烈地咳嗽起來，咳得他滿面通紅，喘著氣要求露絲幫他拍拍背。露絲一邊拍著他，一邊無聲地對我笑，但是我笑不出來。克羅赫先生和我之間有一種不可言喻的共識，我並不記得和任何人之間有過如此的連繫。我熱烈地希望他是我父親或我的叔叔。露絲感覺到了，不高興地把嘴角往下拉。「我要回家了，」她惱怒地說，「我和埃維德有約。」我們離開的時候，克羅赫先生試圖親吻露絲，但是她把那張甜美的臉轉開，我替他感到難過。我並不抗拒親吻他，但是他只是對我伸出了手，說：「妳可以跟我借任何想讀的書，只要妳記得歸還。我每天晚上這個時間都在家。」當我回到家時，母親坐在桌旁，臉龐浮腫，眼睛發紅，明顯哭過。她問我究竟死到哪去了？還有我手上的書是哪來的？我說，我到艾特文那裡去了，他確實是沒咳得那麼嚴重了。書是跟招待所的一個房客借的。我躺上床後，忽然驚恐地想到，克羅赫先生可能會和我的編輯一樣死去。我覺得，我全心全意想要接觸的那個世界，都是老弱之人，他們隨時都會死去——在我還來不及長大到被他們認真對待以前。

4

卡爾姨丈死了。「他在睡夢中安詳地走了。」蘿莎莉亞阿姨說，他死時仍握著她的手。她坐在椅子的邊緣，戴著帽子，手上一如往常，提著要縫紉的衣服，儘管現在家裡沒人等她回去了。她的雙眼因哭泣而紅腫，而母親無法安慰她。母親總是認為，卡爾姨丈死了對蘿莎莉亞阿姨來說是最好的，然而現在看來，蘿莎莉亞阿姨自己並不這樣覺得。我們大家都出席了喪禮，在卡爾姨丈生前完全不想跟他扯上關係的彼得（Peter）姨丈和奧妮特（Agnete）阿姨也來了。我的三個表姐也來了。她們又矮又胖，臉色蒼白，母親每次都幸災樂禍地說，她們永遠也嫁不出去，她們的父母又何必那麼自負。她和父親老是貶低奧妮特阿姨和彼得姨丈，但是每個星期還是會跟他們一起打幾次牌。這讓我覺得有點討厭，因為我下班回到家以後，要等他們離開才能上床睡覺。牧師悼詞提及卡爾姨丈時，我沒有像在外婆喪禮上那樣忍不住笑出來，我只是想，除了蘿莎莉亞阿姨以外，沒有人真正知道他實際上是怎麼樣的一個人。他先是一名輕騎兵，然後當了鐵匠，再然後開始酗酒，接著又猛喝汽水。這就是我們其他人所知道的一切。我們在教堂墓園附近的一家餐廳裡喝咖啡，氣氛非常低迷，因為蘿莎莉亞阿姨拒絕為任何事情振作起來。她的眼淚掉落在咖啡杯裡，每次要擦眼淚的時候，都不得不掀開喪禮帽子的薄紗。「他年輕的時候真英俊，」她對母親說，「是不是啊，阿爾芙莉達（Alfrida）？」「是啊，」母親說，「當年他真的很俊美。」蘿莎莉亞阿姨接著說：「我知道，你們都不喜歡他，因為他酗酒。他也非常痛苦。他自己的家人也不喜歡他。」這有點尷尬，沒有人回答她，因為她說得沒錯。「嗯，」艾特文站起來說，「我得走了，我要去見一個朋友。」他離開以後，我環顧我的家人，這些整個童年都圍繞著我的臉孔，我發現他們如此地疲憊而蒼老，彷彿我用來成長的那些年歲，同時也讓他們筋疲力盡。就連並沒有比我年長多少的表姐們，看起來也疲憊不堪。父親穿著星期天的服裝[5]，一如往常，非常沉默而嚴肅。彷彿當他穿上這一套服裝，同時也穿上了縫在服裝內襯裡的陰暗和抑鬱的思緒。他低聲和彼得姨丈嘀嘀咕咕說著話，即便在喪禮上，他們還是聊著政治，只是不會像從前那般激動起來。父親依舊在奧雷斯塔德發電廠服務，而母親終於得到了那台她想要我付款的收音機。她一整天都開著收音機，只有在客廳裡出現了她想說話的對象時才會把它關掉。父親在家的時候，總會躺在沙發上睡覺。當母親關掉收音機時，他會忽然醒來，說：「在這種難受得要命的噪音裡根本睡不著啊。」

這給我們帶來許多樂趣。然而，我不再像從前那般在乎家裡的事了。只有在克羅赫先生家裡的時候，我才覺得自己活了過來。只要我敢欺瞞母親的時候就會到他家去。我對母親說去拜訪伊爾莎，母親不明白我們為什麼忽然成了朋友，因為我之前經常說不喜歡她。我向克羅赫先生借書，讀完以後再還給他。他一直都是穿著絲質晨袍，腳上套著紅色拖鞋接待我；他用一個銀咖啡壺為我們倒咖啡。如果他家裡沒麵包，他會給我五十厄爾讓我出去買些回來。我們在一個鑲嵌著黃銅桌面的矮桌旁喝咖啡。克羅赫先生瘦長而白淨的手總是微微顫抖，他的聲音低沉而舒服，我很喜歡聽他說話。我在他家的時候，通常都是他在說話，因為他不喜歡我太好奇。某個晚上，我問他為什麼不結婚，他說：「我們不需要知道一個人的

5 譯注：指星期天上教堂穿的服裝，一般較為莊重，有別於週間穿的工作服。

所有事情，記得喔。不然一切就不刺激了。」我也不知道露絲是不是還到這裡來，或者她是否會當上表演女郎，又或者克羅赫先生是否真的認識霍爾格．比耶爾。露絲並不相信。當我在院子裡或街上遇見她時，她說：「克羅赫先生滿嘴謊話，而且是個色老頭。他還沒對妳動手嗎？」「沒有。」我說，我覺得她口中的克羅赫先生，和我認識的克羅赫先生完全不是同一個人。「嗯，我不敢一個人去他那裡。」她說。某天，她說他非常吝嗇，因為他從沒送過東西給我。「為什麼他要這樣做？」我問。她用極度不耐煩的眼神白我一眼。「因為，」她說，「他老，妳年輕。他很愛年輕女孩，那他就必須付出代價啊，不然呢？」一個晚上，克羅赫先生在我們之間桌上那高高的銀燭台點燃了蠟燭，我鼓起勇氣說：「克羅赫先生，我小時候寫過詩呢。」他微笑。「嗯，」他說，「妳想要我讀讀那些詩？」我面紅耳赤，因為他猜到了我的意圖，於是我問他怎麼會知道。「啊，」他說，「如果不是這件事，就會是其他事情。人們總是互相索取，我一直都知道，妳在某件事上需要用到我。」當我做出抗議的手勢時，他說：「這並不是什麼壞事，這很自然啊。我也想從妳這裡得到一些東西。」「什麼東西？」我問。「沒什麼特別的，」他說，隨即把長長的菸斗從嘴裡取出來。「我蒐集稀奇古怪的東西、與眾不同的人、特別的案例。我想要讀妳的詩。拍拍我的背吧。」最後一句話說得氣喘吁吁，臉都綠了。我每在他背後拍一下，他隨著就一聲咳嗽，他彎腰向前，雙手支撐在地上。他到底患了什麼病呢？我不敢問他究竟是不是得了要命的病，但是才不過隔天晚上，我便帶著詩本趕著去找他了，我甚至懷疑，他是否已經在死亡的路上了。但是他還在，我們才剛坐到咖啡桌旁，我就把本子交給他，非常害怕會讓他失望，他可是讀慣了最上等的詩啊。他把菸斗放在一旁，翻閱著我的本子，而我緊張地盯著他的臉看。

「嗯，」他點頭說：「童詩！」他高聲朗誦：

沉睡的女孩啊，我要為妳吟唱一首讚美詩
沒有一幅風景如妳，可以為我帶來歡欣若此
妳躺著，紋風不動，且美好
睡夢中，妳微笑，那白色的帆布
幾乎遮蓋不了妳年輕的乳房
啊，那風景是光
而妳卻不自覺

那是一首四、五段的詩，他低聲朗讀。接著，他友善卻嚴肅地看著我說：「這非常有意思。妳寫這首詩的時候，想的是誰？」

「沒有什麼特別的人，」我說，「嗯，或許是露絲吧。」他由衷地笑了。「人生真是有趣啊，」他接著說，「人們只有在將要死去的時候，才能真正體會。」「但是克羅赫先生，」我驚恐地說，「您年紀並不大啊，您還沒我父親老。」「或許不，」他說，「但是我也已經活得很久了。」他把本子闔上擱在桌上。「這些詩，派不上什麼用場，但是，看起來，妳有一天會成為一個詩人。」這些話，如快樂的潮水流過我。我告訴他，編輯布羅赫曼說我應該過幾年再去找他。而他說，他認識他。他也說，如果我有天寫出別人喜歡閱讀的詩時，應該讓他看看，他會評估是否能被發表。燭光在燭台上閃爍，墨藍色的天空布滿了星星。我非常非常喜歡克羅赫先生，但是我不敢告訴他。我們沉默了很長的一段時間。書架上散發著一種由皮革、紙張和灰塵混合而成的好聞味道，而克羅赫先生用一種充滿憂傷的眼神望著我，彷彿他想對我說的話，永遠都不能說出口，這和父親時常望著我的眼神一模一樣。然後他站起來。「好吧，」

他說，「妳該走了。我上床睡覺前，還有一些工作要做。」在玄關，他握著我的下巴說：「妳願意在老頭子的臉頰上親一下嗎？」我小心翼翼地親了他一下，彷彿我的親吻將給他帶來可怕的死亡。

那是柔軟的老人皮膚觸感，讓我想起了外婆。

5

希特勒在德國上台掌權了。父親說，反動派贏了，而德國人活該，因為是他們自己把票投給他的。克羅赫先生把這稱為全世界的災難，他的心情陰暗沮喪，彷彿這是他個人的不幸。招待所的彼特森太太和小姐歡呼喝采，她們說，如果斯陶寧（Stauning）[6]像希特勒那樣，就不會有失業的問題了，但是他過於軟弱、腐敗又酗酒，而他在政府中所做的一切都是錯誤的。她們在午覺時間收聽電台新聞，然後轉身，眼神發亮地說，國會大廈的火是共產黨放的[7]，法

6 譯注：一八七三年～一九四三年，全名索瓦爾德．斯陶寧（Thorvald Stauning），丹麥社會民主黨第一任首相，曾領導社會民主黨取得一九三五年全國選舉的最大勝利。

7 譯注：一九三三年二月二十七日，德國國會大廈發生縱火案，事件發生在希特勒宣誓就職的四星期後，納粹宣稱這起縱火案是共產黨人所為，也成為歷史上的關鍵事件。

庭的審判將會證實這一點。父親和克羅赫先生說，那是納粹分子自己縱的火，而我如果真的有任何意見的話，我也這樣認為。但是最重要的是，我很害怕，彷彿來自世界大海洋的浪潮隨時都可以傾覆我脆弱的小船。我再也不喜歡閱報了，但是卻無法避免。父親給我看了安東．漢森（Anton Hansen）[8]刊在《社會民主報》（*Social-Demokraten*）上黑暗又諷刺的漫畫，這讓我更加焦慮。那是一個年老的猶太人，背後掛著一個牌子，被一群親衛隊包圍。牌子上用德文寫著：「我是猶太人，但是我不想抱怨納粹。」我得向父親翻譯解釋那是什麼意思。克羅赫先生訂的是《政治報》（*Politiken*），他給我看的是范德盧貝（Van der Lubbe）[9]的畫像和以下的文字：

說你所知道的
關於托格勒（Torgler）[10]和那一場大火。

你知道，我們該死地想知道。
告訴我們迪米特羅夫（Dimitrov）
和波波夫（Popov）[11]在樓梯旁等著，
你就可以保命。

「好吧，」他說，「現在，德國的知識分子嚐到後果了。」我

8 譯注：一八九一年～一九六〇年，丹麥漫畫家、社會主義藝術家。主要作品為諷刺漫畫。

9 譯注：一九〇九年～一九三四年，荷蘭共產黨員，在德國國會縱火案中被納粹政權逮捕審判後定罪，在德國萊比錫被處決。德國政府在二〇〇七年授予死後特赦。

10 譯注：一八九三年～一九六三年，全名恩斯特·托格勒（Ernst Torgler），德國共產黨（KPD）最後一位主席。

11 譯注：迪米特羅夫全名格奧爾基·迪米特羅夫（Georgi Dimitrov），一八八二年～一九四九年，保加利亞共產黨中央委員總書記和部長會議主席，國際共產主義活動家。在德國國會縱火案中被納粹警察以「參與縱火」的罪名逮捕。波波夫全名布拉格伊·波波夫（Blagoi Popov），一九〇二年～一九六八年，保加利亞共產黨和共產國際勞工運動的領袖之一。因德國國會縱火案和迪米特羅夫一起接受審判，後宣判無罪。

問他，德國知識分子是什麼，他向我解釋了。其中包括藝術家們。詩人也是藝術家。克羅赫先生曾經說過，我有一天會成為詩人。彼特森太太和小姐閱讀《貝林時報》（*Berlingske Tidende*），她們說這份報紙寫出了關於希特勒的真相，說希特勒或許能拯救整個歐洲，並且能為大家建造一個天堂。我從未像此刻這般希望遠離招待所這個悶熱、骯髒的廚房，以及在這裡這些與我每日相處的人們。每次我回到家的時候，父親都在睡覺，而幾個小時後他便起床上班去。某個晚上，當他醒來以後，我問他，是否可以另找一份工作。我說，我討厭洗碗和打掃，最主要的是，我厭惡待在那間屋子裡。我情願到辦公室工作以及學打字。「還不行，」他說。「妳首先必須學會把一個家照顧好，學會在妳的丈夫下班回到家時，煮好晚餐給他。」「當她有一天需要這樣做的時候，她自然就會了。」母親這樣幫我說話。她也說：「你說得她好像明天就要結婚了似的。她才剛剛滿十五歲。」父親抿著嘴，嘴角向下彎，說：「是妳決定還是我決定？」於是母親便住口了，但是她也覺得被羞辱了，屋裡的氛圍非常緊張。父親出門以後，她放下打到一半的毛線微笑著說：「我們讓爸爸相信其中一個房客對妳毛手毛腳。這樣妳就可以離開那裡了。」「好。」我鬆了一口氣，驚訝自己之前居然都沒想到這一點。幾天以後，我回到家時，父親坐在沙發上。「嗯，」他說，「媽媽已經告訴我發生什麼事了。現在妳也到了要好好保護自己的年紀。不要回去那裡工作了。媽媽會幫妳過去把薪水領回來，妳去找一份新的工作吧。」於是我在家待了一段時間。我們買了《貝林時報》，我投函應徵了很多辦公室的工作，但是都沒有得到答覆。我也到韋斯特布羅去試試許多必須親自上門面試的職位。我在許多非常大而明亮的辦公室和得體的男士們會談，他們都問我父親從事什麼工作。當他們知道了以後，便預計我需要靠我的薪水維生，但實際上卻付不出那麼高的待遇。最後我還是找到了一份工作，當時經理只是問我有沒有加入工會。當他聽說我並不是工會會員，馬上就以每個月四十克朗的薪金聘請了我。那是在瓦爾德馬街（Valdemarsgade）上的護理用品公司，而我將成為倉庫工人。「工賊公司。」當父親聽到主管那有關工會的問題時，他這樣說，但是他還是屈服了，因為對女生來說，找工作真的不是件容易的事。

這陣子的事讓我找不到任何可以拜訪克羅赫先生的機會。他從來沒問我住在哪裡，實際上他對我完全不好奇，就如他不喜歡別人對他的事好奇一樣。某天晚上我步行去拜訪他。那是一個冬天的夜晚，我穿上改過的艾特文的舊外套，它不好看，但是可以保暖。我非常期待再次見到我的朋友，並告訴他這份我目前挺滿意的新工作。我穿越韋斯特布羅那些尋常的巷道，而當我抵達老國王路時，我癱瘓似的呆立，完全不明白發生了什麼事。那棟黃色的房子不見了。它曾經站立的地方，如今只是一個布滿瓦礫、灰泥和生鏽扭曲的水管的空地。我走過去，用手扶著半面被摧毀的牆，因為我感覺雙腿再也無法支撐我了。路過我的人都面無表情，全神貫注於自己晚間的差事。我很想抓著其中一個人的手臂問：「昨天這裡還立著一間屋子，您能不能告訴我屋子怎麼消失了？克羅赫先生去了哪裡？」他現在肯定住在另一個地方，然而你如何尋找一個在你面前消失無蹤的人？我不明白他怎麼可以對我做出這種事。然而，他也許認識許多年輕女孩，我不過是其中一個。他曾經說過，他蒐集稀奇古怪的事物，也許我還不夠古怪？我緩慢地往回家路上走去，依舊因這個意外感到無力，我心想如果能寫出好詩，這件事就不會發生。如果他垂涎我的身體如他對露絲那樣，這件事也不會發生，然而至今還沒有人對我有如此的慾望，而父親的警告完全沒有必要。到了我家那條街，露絲和她的技工學徒站在前棟樓的樓梯口。我停下，把外套頸部的釦子扣上，因為我現在才感受到，風是如此的冰冷。「克羅赫先生的房子被拆了，」我說，「妳知道他住在哪裡嗎？」「不知道，」她隔著那年輕人的肩膀說，「我也他媽的不在乎。」他們再次消失在彼此的擁抱之間，我穿越院子回家。走上後棟樓的樓梯時，我被一陣驚慌襲擊，害怕我將永遠無法離開這個自己誕生的地方。忽然之間我受不了這裡，覺得每段回憶都是如此黑暗而哀傷。只要我還住在這裡，我就注定了孤獨與寂寂無名。這個世界對我沒有任何期待，每一次我抓住了它的一小部分，它又會從我手中溜走。人死了，房子被拆了。世界不斷地在變化，只有我童年的世界屹立不搖。客廳看起來一直都是那樣。父親睡了，母親坐在桌旁打毛線。她的白髮消失了，那是她最大的祕密，因為她去染黑了頭髮，天知道她哪來的錢。偶爾父親會說：「真奇怪啊，妳的頭髮一直持續那麼黑，我的都白了呢。」父親總是很天真地相信我們所說的一切，因為他自己從不撒謊。「妳到哪去了？」母親問，並疑心重重地望著我。「伊爾莎家。」我說，根本不在乎她是否相信我。她說：「這裡很冷，妳往壁爐裡加點柴吧。」她接著去煮水泡咖啡，而我下定決心，我滿十八歲的時候，就要和艾特文一樣搬離這裡。在那以前，他們是不會允許的。等我能搬去住在別的地方的時候——最好是遠離韋斯特布羅——我會更容易接觸到那些和克羅赫先生同一類的人。喝著咖啡的時候，我稍稍翻閱報紙。上面寫著，范德盧貝被處決了，而在法庭上迪米特羅夫讓戈林（Göring）[12]成了笑話。我翻到訃告版，但是在死者中找不到克羅赫先生的名字。我忽然想起，自從希特勒掌權以後，他好像就對我失去了興趣，而我的小船，再一次因莫名地害怕被傾覆，而顫抖著。

---

12 譯注：一八九三年～一九四六年，全名赫爾曼·戈林（Hermann Göring），納粹德國黨政軍領袖，曾被希特勒指定為接班人。一九三三年創立了祕密警察機關「蓋世太保」。

6

我每天早上七點抵達公司，和彥森（Jensen）先生一起在辦公室職員和董事長上班以前，把地方打掃及整理乾淨。彥森先生今年十六歲，又高又瘦，很愛惡搞。我在洗地的時候，他會把保險套吹脹，讓它在我頭上亂飛。他也試圖吻我，而我只能笑著保護自己，手裡還握著抹布。他只是一個小男生，我並沒因為他的魯莽舉動而覺得被冒犯。在董事長的辦公室，他坐在辦公椅上，雙腳擱在辦公桌上頭，嘴裡叼著一根香菸。「我像不像他？」他問，同時用手纏繞著他長長的瀏海。他說我過於拘謹，因為我是處女，也因為我不願意親吻他。「如果你愛上我，」我說，「那我願意吻你。」

他說他確實愛上了我，但是我不相信他。某個早上，當我正要開始清洗董事長辦公室的地板時，董事長忽然開門走進來，我緊張地把刷子和桶子都收起來，他卻從後方抱住我，接著雙手在我胸前亂摸。他如母親在肉店撫摸那些肉一般撫摸我，我覺得被侵犯了感到羞恥憤怒而滿臉通紅，一句話也沒說，拿著刷子和水桶跑了出去。我把這件事告訴彥森先生，他說，我應該拍掉他的手，因為他經常和女性員工上床，而我不應該容忍這種事。他已經結了婚，有很多小孩，還是天主教徒。然而，我事後並不覺得十分委屈。他是第一個對我的身體感興趣的男人，在我的想像裡，只要男人對我沒興趣，我就無法走向世界。兩位辦公室助理和倉庫經理抵達後，就要開始處理訂單。我的工作是在倉庫的長櫃檯上打包貨物。這些貨品包括溫度計、藥棉、陰道注射器、熱水瓶、保險套和陰囊托帶。彥森先生仔細地跟我解釋這些物品的使用功能，讓我覺得性這件事是如此的複雜且毫無吸引力。有些在事前使用，有些則在事後使用，在彥森先生的解釋下，我覺得一切都不是那麼容易，也讓我覺得自己非常不足。倉庫經理叫奧德森（Ottosen）先生，那些漂亮的辦公室助理顯然愛上了他。當她們站在櫃檯旁手拿著文件向他說明什麼的時候，他把手放在她們腰間，而她們則雙眼迷濛地倚靠著他。她們是兩個漂亮、時髦的年輕女孩，滿頭小捲髮，穿著高跟鞋，腰間繫著寬大的漆皮腰帶。如果我有天也能進辦公室工作，我也要嘗試這樣打扮。我試著注重所穿的連身裙，我的髮型如何。然而最終還是放棄了這些努力，因為我覺得非常無聊。我穿著公司分配的褐色工作服。當我求職的時候，我用母親的紅色紙巾在臉上擦出腮紅來，這是我唯一的打扮。我有一頭金色、平滑的長髮，我覺得需要的時候，才用肥皂液清洗。克羅赫先生曾經說過我有一頭美麗的頭髮，但或許是因為他實在找不到其他可以讚美我的事了。我經常站在奧德森先生旁邊，也曾經嘗試稍微靠著他，但是他從不將手放在我的腰間，看起來也完全沒有察覺我軟弱的企圖。我想了很久，得到了一個結論，大部分的女人都能對男人散發一種難以抗拒的吸引力，只有我不行。這既悲傷又奇怪，但確實能防止我如家裡那條街上大部分女孩那樣，過早就懷了小孩。有一天，彥森先生問我晚上願不願意跟他去看電影。我答應了，因為我從小就希望能夠看一場電影，但是父母親從來不允許。我難得地跟家裡說了實話，母親看起來相當振奮。她要知道有關彥森先生的一切，在她心裡立刻就把我嫁給了他。然而我並不知道他的父親是做什麼的，他對未來又有什麼計畫，因此我並無法滿足她的好奇心。父親對於他是丹麥社會民主黨青年團（D. S. U.）[13]的會員一事感到十分興奮，艾特文

13 譯注：Danmarks Socialdemokratiske Ungdom 簡稱 D. S. U.，是丹麥社會民主黨的全國青年支部。

拒絕加入這個組織，對他而言彷彿是種遺憾。「毫無疑問的，這是一個非常理性的年輕人。」他說，同時搓著鬍髭的尖端。於是，生平第一次，我坐在電影院裡，身邊坐著一個把自己打理得非常乾淨的彥森先生，他穿著堅信禮的服裝，袖子太短，露出了他不太乾淨的手腕。我們把大衣掛在椅背。一開始，有人在彈著鋼琴。接著燈都熄了，廣告影片閃爍在帆布幕上。影片結束後，燈又亮了，我想站起來，我以為，這就結束了，但是彥森先生把我重新拉下來坐好。他耐心地說：「現在才要開始呢。」電影是《船艙男孩》（*Skibsdrengen*），飾演男孩的是英俊而動人的傑基・庫根（Jackie Coogan）[14]。我完全投入到電影裡，忘了我在哪裡、我和誰在一起。我哭得彷彿像是被人狠狠毆打，機械式地接過彥森先生放在我手裡的手帕。當他把手放在我的膝蓋上，我把他的手推開，彷彿那是一件沒有生命的物體。在為一個抽泣的美麗女人和她的小女兒犧牲以後，男孩和船長一起隨著船沉到海裡去了。當燈光亮起來的時候，我不能自已地嚎啕大哭。「噓……」彥森先生尷尬地說，我們走出去的時候，他把我的手挽在他手臂上。「為什麼您不哭呢，」我問他，「您不覺得這很悲傷嗎？」「是，但是不至於要這樣在電影院裡大哭啊！」我們走到南大街（Sønder Boulevard）上，彥森先生和我十指緊扣。我側身看他，發現他有長長的睫毛。或許他真的愛上我了。雪在我們腳下吱吱作響，而夜空因星星明亮。他的手臂微微顫抖，但那應該是因為寒冷。到了家，他在黑暗的大門旁擁抱我，並親吻著我。我沒有抗拒，可是也沒有太多感受。他的嘴唇冰冷，堅硬如皮革。「不如我們以『你』和名字互相稱呼？」他以嘶啞的聲音請求。「好吧，」我說，「你叫什麼名字？」他名叫爾林

14 譯注：一九一四年～一九八四年，美國演員，無聲電影時代的傑出童星。

（Erling）。我們達成協議，在公司還是以「您」和姓氏互相稱呼對方。

午後時間，當倉庫裡沒有什麼需要處理的時候，我被派到閣樓去把錫盒子整理排列成長長的一排。我喜歡這份工作，因為可以獨自一人待在這樣一個塵埃滿布的黑暗房間裡。我趴在地上，根據盒子上的標籤把它們整齊排列好：鋅軟膏、羊毛脂。我沉入一陣甜蜜的悲傷裡，帶著韻律的文字海浪再次在我心裡流動。我把它們寫在棕色的包裝紙上，悲傷地留意到，這詩並不完美。「童詩。」克羅赫先生說。他也說：「要寫好一首詩，妳首先必須要有足夠的人生體驗。」我覺得我已經有了，但是又或許我還必須再經歷更多。然而，有一天我寫出了和以前完全不同的詩句，只是我並不知道差別在哪裡。我寫了以下的詩句：

點燃了一根燭光，在夜裡
它僅僅為我而點燃
我對它吹一口氣
火焰燃起
它僅僅為我而燃燒
而你安靜地呼吸
你溫柔地呼吸
燭光忽然不僅僅是燭光
在我胸口深處，它燃燒著
僅僅——為你

我覺得，這是一首真正的詩，因克羅赫先生的消失而導致的傷痛再次出現，心淌著血，我真的很想讓他讀這一首詩。我極想告訴他，我如今終於明白他的意思了。然而，對我來說，他和那個老編輯一樣已經死去，我再也找不到一個新的楔子，可以把我引領到一個被詩和——我希望——寫詩的人打動的世界裡。「妳去了很久。」當我下樓去時，爾林這樣說。他完全表現得像我們已經訂婚了似的。他正在打包一個陰道灌洗器（這個是事後使用的，他曾經這樣跟我解釋），他把紅色的管子折在那怪物底下，並說：「星期六，我們一起到旅館去過夜好嗎？我存了錢。」「不。」我說，因為現在我可以寫真正的詩了，所以即使我是處女也沒關係。反之，在我遇見真命天子時，貞操或許還派得上用場。「上帝保佑，」爾林煩躁地說，「妳想要保留給驗屍官嗎？」「是的。」我大笑著說，幾乎無法停止笑意。我自己也不知道，童貞和寫詩究竟有什麼關係，又如何對爾林說明兩者之間奇怪的聯繫呢？

7

每個星期六晚上，爾林和我會一起去看電影。他站在前棟樓，靠著牆等我，雙手埋入他父親舊外套的口袋裡，就像我總是穿著艾特文的舊外套。如果我讓他等太久，他便會開始咬著火柴，並用手纏繞頭髮。當我們走出樓下大門時，母親會打開窗戶大喊：「再見，托芙。」這表示，她認同了這段關係。爾林也是這樣認為的。他問，他是不是很快該見我的父母了。「不，」我說，「還不行。」母親問，爾林是不是有內翻足或兔唇，不然為什麼我還不讓他們見他。我也不想拜訪爾林的父母，否則他們會以為我們已經訂婚了。如果我能有一個女性朋友，一切就會簡單和有趣許多，但是現在已經沒有了，所以有爾林勝過什麼都沒有。我喜歡他，因為他也有點怪，和我有許多相似之處。他父親是工人，經常失業。他有個年紀較大的姐姐，已經結婚了。他自己想當學校老師，但是他要滿十八歲才能就讀師範學院。他現在努力存錢就是為了將來要繼續念書。他說，公司聘請非工會組織的員工實在離譜，但是如果他加入工會，他就會被開除。他每星期的酬勞有二十五克朗。我們去看電影的時候，我自己付費買票，一方面是因為他實在無法負擔我們兩個人的電影票，另一方面是，這樣讓我感覺比較自由。這些夜晚的模式都是一樣的。電影結束以後，他送我回家，黑暗中，他在大門旁擁抱和親吻我。我總是在這個當下以一種冷酷的好奇心觀察他，我想知道自己能激發出他多少熱情。如果我愛上他，我應該也會充滿熱情的，但是我並沒有，而這一點他是知道的。有一次，我鬆開他放在我脖子上冰冷的雙手，說：「不，不可以。」「啊，可以的，」他喘著氣說，「並不會痛。」「是不痛，」我說，「但是我不喜歡。」我對他感到抱歉，離開前吻了他皮革般的嘴唇。他問我，我什麼時候才會想要，為了給他一個答覆，我說等我滿十八歲的時候，因為感覺那還有很久很久。我也對自己感到遺憾，因為他的擁抱並沒有讓我有一絲絲的顫抖。難道我在這一方面也不正常嗎？「該死的美好。」露絲曾經這樣說，而她只有十三歲。在垃圾間的所有女孩們也都這樣說，但是她們也有可能在說謊。或許她們都只是說說而已。「什麼時候，」母親在客廳裡說，「我們才能見到妳的男朋友？當我認識妳父親的時候，我馬上就邀他回家了。」她也說，他明顯地只想要一件事，如果我讓他得逞了，他馬上就會離我而去。「這裡可不能讓妳帶著個小孩回來。」她說。某個傍晚，我對她說，她怎麼就沒那麼急著要艾特文把女朋友帶回家見見呢，她尖銳地說：「那不一樣，艾特文是男生。男生不必那麼急，因為他們總是可以結婚的，但是女生卻得讓人養，這一點，身為女人必須時刻記得。」父親叫母親少來煩我。他說，爾林是個聰明人，當老師不錯，他們收入很好，也不會失業。「不過是個穿上襯衫的工人（flipproletar）[15]而已，」哥哥說，他幸運地又找到了工作，「他們是最糟糕的。」我有男朋友這件事讓哥哥有點生氣，因為他從前總是捉弄我，說我永遠嫁不出去。他聽著電台新聞報導有關菲德烈克王儲（Frederik）[16]的婚禮，母親非常非常感興趣。「關掉這些皇室的垃圾新聞，」父親從沙發的深處說，「現在我們又多了一個要養的人了，就這樣而已。」在公司，辦公室助理們都非常喜歡可愛的英格麗特王妃（Ingrid）[17]，甚至著迷。她們發起了經常舉辦的募款活動，穿梭整個倉庫，手上拿著長長的單子，上面記錄了每一個人所捐出的款項，以便買一束花送到皇室去。我給了一克朗，而幾天前，我也貢獻了一克朗買禮物給董事長女兒的堅信禮。

他有那麼多孩子，我們總是得無止境地籌錢為他小孩的洗禮典禮或生日買禮物。「只要一個不小心，」爾林說，「所有的薪水都要花在這些荒謬的事上了。」爾林跟我的父親和哥哥一樣，是社會民主黨的黨員，他夢想著一次可以提升群眾的改革。我喜歡聽他如何發展他的計畫，因為如果窮人真的能掌權，也有助於我的個人計畫。爾林想要改變社會民主黨，他想要往更左派的方向發展。「事實上，」爾林說，「我是一個工團主義者。」我沒問他那是什麼意

15 譯注：「flipproletar」這個字，在丹麥文裡是帶有貶義的，一般指文職如教師、祕書、辦公室助理。他們的薪資並沒有比工人階級高太多，但是因為從事的不是勞力工作，通常會有優越感，因此被工人階級以flipproletar一字諷刺他們，表示他們其實也不是太高尚。

16 譯注：一八九九年～一九七二年，菲德烈克王儲於一九四七年登基，成為丹麥國王菲德烈克九世。是丹麥現任女王瑪格麗特二世的父親。

17 譯注：一九一〇年～二〇〇〇年，英格麗特是瑞典公主，於一九三五年和當時的丹麥王儲結婚，是丹麥現任女王瑪格麗特二世的母親。

思，否則他會對我發表關於政治且費解的長篇大論。有一次，他帶我到布羅果斯廣場（Blågårds Plads）去參加一個聚會，最後聚會發展成劇烈的騷亂，警察拿著警棍驅散交戰的各黨派。「警察滾開。」一穿著社會民主黨青年團團服的爾林大喊，隨即頭上被敲了一棍，他痛得哀號。我驚慌地抓著他的手臂，牽著手在街上跑，週遭都是人們逃跑的聲音。我不喜歡這樣的情況，我再也不參加這種聚會了。在公司，除了我們以外還有兩個工人和一位司機。我們全部都在倉庫後一間小房間裡吃午餐。那裡沒有暖氣，關於這一點，爾林也覺得太過分了。大家通常都得穿著外套用餐。

我們坐在倒轉過來的啤酒箱上，而我漸漸地和這一小群人相處得很好。我不再對他們感到害羞，當他們問我是否知道陰囊托帶或陰道注射器的用途時，我也不再覺得羞恥。但是我告訴他們，他們都應該加入工會，某天，我心血來潮，站在啤酒箱上，學著斯陶寧演說時的神態：「同志們！」我摸著無形的鬍子，把聲音壓得低低的，而我的聽眾們相當賞識我的演說。他們大笑鼓掌，我也沒有多想什麼。不久之後，奧德森先生過來對我說，董事長要見我。自從上一次他亂摸我的胸部以後，我沒有再和他單獨共處一室，害怕他會不會再次動手。「坐下。」他簡短地說，並指著一張椅子。我坐在椅子的邊緣，看到他的臉色因憤怒而顯得陰暗，讓我非常驚恐。「我們這裡不能再雇用您了，」他充滿怒氣地說，「我不要布爾什維克（Bolshevik）[18]出現在我的公司裡。」「不。」我說。我不知道布爾什維克是什麼。他拍桌子，我跳了起來。他站起來走到我的

18 譯注：布爾什維克在俄語中意為「多數派」，是俄國社會民主工黨中的一個派別。布爾什維克派的領袖人物是列寧。

椅子旁，把他通紅的臉貼近我的臉。我把頭轉開，因為他有股讓人不舒服的氣息。「您鼓動我的員工加入工會，」他怒吼，「但是您知道後果是什麼嗎？」「我不知道。」我輕聲地說，雖然我其實是知道的。「他們會被開除，」他咆哮著，再次捶打辦公桌，「就像現在我把您開除一樣——而且我不會給您寫任何推薦信的。您可以到前台辦公室去領您的薪水。」他站直了，重新回到他的位子上。我覺得我應該嚎啕大哭，但是實際上我心裡充滿了一種黑暗的喜悅，我無法形容。這個男人將我視為某個根本不屬於我的領域中，一個過於危險又充滿意義的人。「這沒有什麼好笑的。」他怒吼，我才發現自己方才大概不自覺地笑了。「滾出去！」他指著門，我趕快走出去。「我不希望再見到您。」他在我背後尖叫並把門摔上。在倉庫裡，奧德森先生和爾林看起來很驚愕。他們問我發生了什麼事，我驕傲地告訴了他們。奧德森先生聳了聳肩。「您還很年輕，這裡的薪水太低，您絕對可以再找一份工作的。您單身一人。我有妻子和四個小孩，所以我還是閉嘴比較好。」爾林說我應該把自己的想法藏在心裡，於是我對他生起氣來。「在丹麥不可能有任何改革，」我氣憤地說，「只要有你這種只敢說不敢做的人。」我氣呼呼地走進辦公室跟助理們要求我的薪水，她們已經都準備好了。街上積了厚厚的一層雪，回家路上，冰冷的風穿透了我的外套。我為了我的信念而受苦，我期待著要把這件事告訴父親。我覺得，自己就如聖女貞德、如夏洛特・科黛（Charlotte Corday）[19]那樣，是個在世界歷史上留名的年輕女性。成為詩人的路畢竟還是過於漫長。我抬著頭，挺起胸膛上樓，帶著受傷的尊嚴，走入客廳，

19 譯注：一七六八年～一七九三年，是法國大革命恐怖統治時期的重要人物。她是共和派的支持者，反對激進派的獨裁專政，後來因策劃並刺殺激進派領導人馬拉（Jean-Paul Marat）而被逮捕處決。

在那裡，父親背對著世界睡覺。母親問我為什麼這麼早就回家了，當我告知她之後，她說我不應當介入與我無關的事情裡。她憤怒地說，那是一個不錯的地方，而且沒有男人會願意娶一個不斷換工作的女人。這一次，她不站在我這一邊了，而我大聲地清了清嗓子，並在桌上製造一些噪音以把父親吵醒。他醒來了，當他坐起來揉著眼睛的時候，母親說：「托芙被趕走了。都是你那些什麼有關工會的胡言亂語竄到她腦子裡去了。」當父親進一步了解情況，他掛上一張憤怒的臉。「妳他媽的以為妳是誰啊，」他大吼，握緊拳頭敲打桌子，以致吊燈在勾鏈上舞動著。「妳好不容易找到一個還不錯的工作，卻因為這樣愚蠢的理由被趕走了。妳對政治根本一點也不了解。現在時機非常不好，社會上的工賊多到可以抓去餵豬了。如果找到下一份工作，妳好好地給我待著，不要跟妳媽一樣。」他們生氣地互相瞪著看，每當艾特文和我惹了什麼麻煩，他們經常就是這樣。我閉嘴，真搞不懂我原來還想期待什麼。不過是幾分鐘的時間，我那忽然之間冒出來的對政治、左派和革命的興趣就消失了。爾林和我繼續在星期六上電影院，然而過了一段時間，他再也不站在牆邊等我了。我有點想念他，因為他讓我沒那麼孤單，我也想念那個堆滿錫盒子的閣樓，在那裡，我寫下了第一首真正的詩。「妳那年輕的男朋友呢？」母親問，她一直夢想著要成為一名老師的岳母。「他另結新歡了。」我說。對於每一件事情，母親都需要一個充分的解釋。她說：「妳得為自己多費點心思打扮。或許妳不該買那台腳踏車，該買一套春裝。如果不是天生漂亮，」她說，「後天就該努力補救啊。」母親說這些不是為了傷害我。只是，對於別人身上發生的一切，她是一點概念都沒有的。

8

「妳看得出來，我長得像誰嗎？」倫格恩（Løngren）小姐用她那一雙突出的雙眼瞪著我看，我實在看不出她長得像誰。她笑著，上下移動著眉毛。或許她長得有點像卓別林，但我不敢說出口，因為她非常容易被激怒。此刻她已經開始不耐煩地皺著眉頭。「您從來都不上電影院嗎，您這個人啊。」她說。「有啊。」我悶悶不樂地說，絞盡腦汁還是想不到。「側臉看呢，」她說，然後把頭轉過去。「現在您應該看出來了吧？人人都這樣說哦。」從她的側臉我也看不出端倪來，除了她有彎曲的鼻子以及略短的下巴。我正在用力想的時候，電話響了。她接通了說：「I・P・彥森（I.P. Jensen）。」她的語氣總是高昂而帶有威脅性，我不明白，在電話另一端的人怎麼敢說出他的目的。那是一筆訂單，她用左手拿著聽筒貼在右耳上，同時記下了訂單。掛斷電話以後，她說：「葛麗泰・嘉寶（Greta Garbo）[20]，您現在看出來了，對吧？」「是啊。」我說，我多麼希望能有一個陪著我笑的人。但是我沒有。我以一種奇怪的方式，獨自一人在這裡。我受聘於一家平版印刷公司，在辦公室裡工作。業主住在最裡面的房間，大家都叫他師父。他在的時候，門總是關起來的。前台辦公室裡有兩張辦公桌。其中一張桌子屬於業主的一個兒子，卡爾・彥森（Carl Jensen），他和倫格恩小姐背對背坐著。她在我對面，坐在電話和總機旁，而在我們辦公桌的盡頭擺著一張小桌子，桌上有一台打字機，我原本

---

20 譯注：一九〇五年～一九九〇年，瑞典國寶級女演員，奧斯卡終身成就獎得主。

應該學會用它打字。但其實我一整天都沒事做，也沒有人知道，我到底為什麼會被聘請。辦公室樓上是住宅，那裡住著業主的另一個兒子，斯文・奧厄（Svend Åge），他是平版印刷師，在院子對面的印刷店工作。卡爾・彥森很瘦，動作敏捷如松鼠。他一雙棕色的眼睛靠得非常近，有一點斜視，這讓他看起來給人一種不太可靠的感覺。他從來不跟我說話，當他和倫格恩小姐都在辦公室的時候，他們經常無視於我的存在。他們總是互相開玩笑，有時卡爾・彥森坐在他那張可以四處轉動的辦公椅上，還會轉到背後，試圖親吻倫格恩小姐。她會拍打他，大聲笑鬧，表現十分受寵若驚，我覺得這看起來很荒唐，因為他們的年紀都太大了。每當師父經過辦公室時，他們會埋頭苦幹，而我急忙在紙上寫下一些數字和文字，然後再慢慢小心地把它們擦掉。卡爾・彥森不常在辦公室，我覺得倫格恩小姐的目光一直跟隨著我，非常專注地盯著我看。對於我的舉手投足，她都有話可說。「為什麼您一直盯著時鐘看，」她說，「這並不會讓時間過得更快一點。」她說：「您沒有帶手帕嗎，您一直這樣吸鼻水讓我很不舒服。」又或者：「為什麼每次都是我要站起來去把門關上？您也很年輕。」「也」這個字讓我感到訝異。有天她問我，我以為她幾歲呢。「四十歲。」我小心翼翼地說，因為我非常肯定她最少也有五十歲了。「我今年三十五歲，」她生氣地說，「人人都說，我看起來更年輕啊。」每當我努力地保持安靜，讓我的眼神集中在一個中立點上時，她就會說：「您睡著了嗎？您每個月賺五十克朗，也該**做些**事啊。」我不小心打了個呵欠，她用男性化的聲音問我晚上是否都不睡覺。一整天我都必須聽著她這些評論，當我晚上回到家時，感覺跟之前在招待所工作時一樣累。然而是我自己選擇了辦公室的工作，我必須在這裡待到滿十八歲，雖然這想法很可怕。我把工作表記錄在本子裡，只需一個小時就做完了。倫格恩小姐不喜歡我用打字機練習打字，因為它會發出刺耳的噪音。一天，師父小心翼翼地問她，可否讓我負責總機，她生氣地說，她不想坐在背對顧客的位置。在我的背後是一個櫃檯，所有未預約的生意都在那裡進行。師父看起來也和我一樣怕她。他又矮又胖，酒糟鼻帶著瘀青——倫格恩小姐說，他這鼻子當然不是平白無故得來的。當她需要找他的時候，她都會打電話到蒂沃利（Tivoli）花園[21]裡的格洛夫藤（Grøften）餐廳去找他，只要他不在辦公室的時候，他就會固定在那裡。偶爾他會把我叫進辦公室，給我一疊紙條，讓我幫他謄打。那些都是信，開頭全都這樣寫：「親愛的兄弟」，下款寫著「兄弟情深」。有時候信裡寫的是有關一位逝去的兄弟，而當我謄寫他信裡所有華麗的特質時——尤其是有關兄弟之間的情感，我都會陷入一種憂傷的氛圍裡，我覺得，這個家庭裡有罕見而美麗的親密關係。然而有一天，當我鼓起勇氣問倫格恩小姐，師父有幾個兄弟時，她大笑起來，說：「那些都是他會所的兄弟。他是聖米迦勒及聖喬治勳章會（The Most Distinguished Order of Saint Michael and Saint George）的會員。[22]」事後，她把這件事告訴了師父的兒子，他把辦公椅整個轉過來，就是為了要看一眼我這樣一個蠢人。每個星期五傍晚，我到印刷店去分發薪水袋。這對我來說是一種考驗，因為工人們會對我說些風趣或挑釁的話，而我總是無法做出快速的反應。說到底，我並不像在護理用品公司那裡那樣，是他們的一分子。這份工作，父親說，是我做過的工作裡最好的一個，我完全沒有任何不留下來的藉口。每個人都加入工

21 譯注：創立於一八四三年八月十五日，是丹麥哥本哈根有名的主題公園，也是世上現存的第二古老主題公園。

22 譯注：聖米迦勒及聖喬治勳章是英國榮譽制度中的一種騎士勳章，於一八一八年四月二十八日由威爾斯親王喬治（即後來的喬治四世）設立。

會，包括我，師父替我們繳會費，而我會去學速記，學費也將由師父繳付。我不明白我為什麼要學速記，因為目前他只讓我幫兄弟們寫信。發票和商業信由倫格恩小姐負責。我有一種感覺，她並不贊成這裡聘請我，於是她阻擋我所有的學習機會。從早上八點到傍晚五點，我坐著盯著她看，這是一個困難且非常勞累的工作。我從來沒有遇見過這樣的人。有的時候，她非常友善，例如問我想不想吃蘋果。她給我蘋果，但是當我在吃著的時候，她會皺著眉頭說：「您連吃個蘋果都要製造噪音嗎？」如果我廁所上得過於頻繁，她會問我是不是肚子不舒服。某天，她告訴我說，她的姪女要施堅信禮了，問我認不認識可以寫堅信禮祝賀歌的人。為了讓她感到驚訝，我說，我可以，她充滿懷疑地望著我。「那必須是一首好歌，」她說，「就如妳可以在店面展示窗裡讀到的那些。」我保證會把歌寫好，她不太情願地答應讓我嘗試。我以她指定的民歌〈快樂的銅匠〉（*Den glade Kobbersmed*）的旋律填了一首詞，而倫格恩小姐非常佩服。「這個，」她說，「真的很不錯，可以媲美那些付錢請人寫的歌。」她把歌詞給師父的兒子看，他對她說：「這真是該死的好，誰會想到迪特萊弗森小姐居然有這種才能。」他轉動椅子，用他那雙陰險的眼睛好奇地盯著我看。但是對我，他慣常地不發一語。「是啊，」倫格恩小姐說，「這是一種天分。」我覺得他們兩個都很蠢。倫格恩小姐連丹麥語都說得不好。例如她把「無論如何」說成「無論如此」，而且常常這樣說。當她要強調些什麼的時候，她說：「我說，而我會一直說……」等等，可是她當然沒有一直說。我還必須以這種徒勞的方式度過兩年的時間，這想法讓我幾乎無法承受。晚上，當我回到家的時候，玉德幾乎都在，聽著她和母親的對話讓我感到非常疲憊。玉德很高大，金髮，漂亮，她說自己永遠都不會結婚，因為她對男人總是很快就感到厭倦。她曾經有很多男朋友，並且經常以最新一任男友的故事來娛樂母親。她們為此大笑，讓我覺得自己是個局外人。父親的鼾聲很大，我只能在他去上班以後、玉德回家後，才睡得著。我總是無法明瞭自己為什麼幾乎無法忍受人類，又或者人們該如何說話，才能讓我願意快樂地聆聽。他們應該如克羅赫先生那樣說話。每每我走在街上的時候，我都以為看到他從街角轉進來，或者走在斜對面。我追著他跑，可是從來都不是他。他房子曾經聳立的地方，正在進行建築工作，每次我經過小巷回家的時候，都不往那個方向望去。我知道，我可以從電話簿裡找到他，但是我的自尊阻止了我這樣做。對他來說，我一點意義也沒有。我娛樂了他一段時間，隨即他便聳聳肩轉身離去。可我在這個人生裡逐漸枯萎，我必須想辦法做些什麼。我想起在《政治報》上的分類廣告版有一個專欄叫做「徵才：劇場與音樂」。這應該是我晚上可以進行的活動，尤其現在我可以在外逗留到晚上十點了。音樂對我來說是個無法抵達的國度，但是我有考慮當個演員。我看到一則啟事，一間業餘劇團招聘演員，我偷偷地投函申請。我收到了「成功劇團」（Teaterselskabet Succes）的信，他們固定在阿瑪島（Amager）一家餐廳裡聚會，請我在一個晚上到那裡見面。我穿上了母親勸我放棄腳踏車而買下的褐色套裝，搭乘電車到那家餐廳去。在那裡，我認識了三位非常嚴肅的年輕男士和一名年輕女孩，那女孩和我一樣，是第一次到這裡來。我們坐在桌旁，團長說，他計畫要導演一部叫《奧納絲阿姨》（*Tante Agnes*）的業餘喜劇。他帶來了劇本，簡短且評估地注視我以後，他決定應該由我來演出奧納絲阿姨這個角色。他解釋說，這是一個詼諧的角色，他認為非常適合我。這個角色約莫七十歲左右，只要稍微化點妝應該就可以了。在劇裡有一對年輕夫婦，他自己將扮演丈夫，而太太則由卡斯特森（Karstensen）小姐扮演。我看著這位年輕的小姐，覺得她長得非常漂亮。她有一頭淡金色的頭髮，深藍色的眼睛以及一口潔白而毫無缺憾的牙齒。我完全明白自己無法扮演她的角色。然而，我沒有想過，我初次的表演會是扮演一名七十歲的詼諧女士。角色都分配好了，我們奉命在背好台詞後再次開會，之後我們喝了一杯咖啡，接著便解散了。卡斯特森小姐和我作伴走去搭電車。她問我要不要以名字互相稱呼。她名叫妮娜（Nina），住在諾雷布羅（Nørrebro）。我問她為什麼會來參加劇團的招聘。「因為我快悶死了。」她說。她走路的時候輕輕搖擺著臀部，她的陪伴已經讓我感到快樂。妮娜今年十八歲，而我非常確定，我們將會成為朋友。

9

我們都叫劇團的團長「舊市場」（Gammeltorv）。他今年二十二歲，有妻有子。我們在他家排練，他的妻子不高興，因為喧鬧聲吵醒了嬰兒。「舊市場」抱歉地說：「她沒有藝術涵養。」但是**他**有。當他指導我們的時候，他搖頭擺腦手腳並用，恍如一名指揮家。他對我們發怒、破口大罵甚至聲淚俱下地求我們在台詞裡多加點靈魂，要我們完全活在角色裡。奧納絲阿姨是一個非常傻氣且容易信任別人的人物，不斷地受到劇中的年輕夫妻作弄，這是此劇詼諧的部分，台詞本身並不好笑。台詞其實不多，而且都相當簡短。劇情高潮是這位阿姨端著托盤走進客廳，當她看到這一對戀人坐在情人雅座上緊緊擁抱時，托盤掉在地上，她雙手合十說：「上帝解放我們！上帝拯救我們！」她說這一句台詞的時候，台下觀眾就會哄堂大笑，「舊市場」說，我說台詞的感覺像是照本朗讀似的。「重來！」他怒吼，「再來一次！」最後我終於成功地將足夠的驚訝情緒放入台詞裡，而他覺得，當托盤上擺著真正的杯子時，應該就沒問題了。他的妻子拒絕在排練時提供真正的杯子。我在家裡客廳表演奧納絲阿姨給母親看，她非常興奮。「或許，」她說，「妳可以成為真正的演員。可惜妳不會唱歌。」妮娜會唱歌，在劇裡她和「舊市場」會對唱一首我覺得非常優美的情歌。這部舞台劇將在阿瑪島的星辰客棧（Stjernekroen）演出，「舊市場」覺得肯定會客滿，因為緊接著演出後還有一個舞會。妮娜和我都非常期待那個舞會。妮娜來自科瑟鎮（Korsør），她的未婚夫住在那裡，他是個護林員。他會出席首演。妮娜在《貝林時報》分類廣告部門上班，住在諾雷布羅一間租來的小房間裡。那是一間陰鬱且沒有暖氣的房間，我們穿著外套坐在床沿，互相傾訴對未來的計畫，我們同時可以聽見單薄牆壁的另一端，那個家庭的壁爐裡劈劈啪啪的爐火聲。有一天妮娜會嫁給她的護林員，因為她想在鄉下生活，但是在那之前，她想要在哥本哈根享受她的青春。她應徵了劇團的廣告，是因為她想認識一些有趣的人。她尤其想認識其他男人，那些可以和她調情以及邀請她去約會的男人。她說，等我們不必再為舞台劇那麼忙碌的時候，我們該到小酒館去找人陪我們跳舞。一個女人不該單獨上小酒館，但是如果有伴，那就沒有問題了。我想起克羅赫先生說過的，人們總是互相利用，我很高興妮娜覺得能從我身上獲得什麼。自從認識她以後，我很少想起露絲了。說到露絲，她和她的父母搬走了，因此我傍晚下班回家時，再也看不到她了。妮娜在她外婆家長大，外婆在科瑟鎮開了一家旅館。她的母親在哥本哈根和一個男人同居，沒有再婚。她非常窮困，幫人打掃，妮娜說我該找一天晚上跟她回家見見她母親。我的母親則完全沒有想見妮娜的意思。「為什麼她住在哥本哈根，」母親說，「而她的未婚夫住在科瑟鎮？妳總是交些壞朋友。」在辦公室，倫格恩小姐帶著威脅的語氣說：「您近來看起來很快樂？家裡發生了什麼喜事嗎？」我害怕地否認了，並努力讓自己看起來不怎麼快樂。我開始到韋斯特沃爾德街（Vester Voldgade）上速寫課，感到十分有趣。有時我只用速記符號來思考。一個晚上，我下班時，艾特文站在公司門口，看起來非常快樂。我們一起走回家的時候，他告訴我，他即將和一位年輕女孩結婚了，她名叫葛蕾特（Grete），來自沃爾丁堡（Vordingborg）。他們將會祕密結婚，而且已經在哥本哈根南港（Sydhavnen）找到一間公寓了。我心裡充滿了莫名的嫉妒，難以分享他的喜悅和激動。父親和母親在婚禮結束之前都不會知道這件事。「他們會很生氣啊。」我說，我覺得他們這樣有點可憐。「妳了解媽媽，」他僅僅說，「她把我身邊的女孩都冷冷地趕走了。」我告訴他，關於這一點，我其實比較輕鬆，因為儘管母親沒有見過爾林，她卻對他非常滿意。他說，很多事情都是這樣，其實也沒有太奇怪。他問我，詩寫得如何了，也問我要不要找其他的編輯試試看。「他們總不會都死光了。」我說我漸漸開始寫一些比較好的詩了，在還沒有真正把一首詩寫好以前，我不會再嘗試發表。但是艾特文說，我的童詩和那些印在課本或報章上的詩一樣好，而我無法向他解釋好與不好之間那種難以定義的差別，即便是我自己，也是最近才弄明白的。我們在大門前逗留了一陣，繼續聊著，同時用力往地上跺著腳取暖。艾特文不願意和我一起上樓，因為他不希望讓母親猜到我們一起作伴回家，母親不喜歡我們之間有任何她無法參與的共同活動。對於父親堅持他必須完成的四年艱辛的學徒生涯，艾特文也依舊心存芥蒂。「我的咳嗽，得感謝父親。」他說，帶著怨氣，也有點不講理。艾特文已經二十歲了，下巴周圍的皮膚因刮過鬍子而顯得暗沉。他的黑色捲髮貼在額頭上，和父親以及克羅赫先生一樣，有著棕色的眼睛。有一天，我也要嫁給擁有棕色眼睛的男人，這樣一來我的小孩或許也會有棕色的眼睛，我相信在我十八歲的時候，會有第一個小孩。對於我還保有貞操，妮娜感到非常震驚，她認為那是一種缺憾，而且必須儘快糾正。她也曾經感到害怕，她說，因為聽得太多了，但是，事實上，那是相當美好的感覺。為了星辰客棧的舞會，妮娜買了一件長長的緊身絲綢連身裙。裙子背後開了一個很深的洞，是分期付款買下的。那條裙子要兩百克朗，而我不明白她究竟如何可以把這筆款項付清。她笑著說，她當然沒有瘋狂到給店家她的真實姓名。對於別人敢做些我不敢做的事，我總是感到非常佩服。在星辰客棧，我們忙著裝扮與化妝。我穿著「舊市場」祖母的黑色連身裙。裙子拖地，我在肚子上綁了一個枕頭，藏在裙子裡。我的頭上戴著用灰色毛線做成的假髮，「舊市場」在我臉上畫了黑色線條作為皺紋。因為被身體各處的風濕痛折磨，所以我必須像一把摺疊刀一樣向前彎身走路。我們從舞台布幕上的一個破洞往外看，看著我們的家人，數數看是不是都到齊了。他們只占據了前三至四排，觀眾席幾乎是空的，零零星星地坐著一些年輕人，他們坐著打呵欠，完全沒有顯示任何興趣，他們其實只是為了舞會而來的。妮娜告訴我哪個是她的護林員，他就坐在蘿莎莉亞阿姨後面。他看起來彷彿在和這一切保持著一種距離，但我也從妮娜那裡得知，他非常反對她住在哥本哈根。「他在生什麼氣啊？」「舊市場」問，他也和我們一起偷窺。接著樂團奏起樂來，布幕拉開。因為緊張，我的心跳非常劇烈，而我並不確定，我飾演的奧納絲能讓任何人開懷大笑。但這是一群不可思議且接受度異常高的觀眾。他們鼓掌並享受著演出，每一幕結束後「舊市場」都說，這些觀眾的反應或許無法給劇團多少幫助，但也算是演出成功，他問我們有沒有看到一個在筆記本上寫字的男人。他是《阿瑪島地方報》（*Amagerbladet*）的記者，報館只會指派他報導重要的活動。那一刻終於來臨了，我被沙發上的年輕人嚇了一跳，托盤掉在地上，雙手合十，大叫：「上帝解放我們！上帝拯救我們！」此時後台的一道門忽然打開，一陣風吹走了我頭上的假髮。我驚慌地想把它撿起來，但是坐在沙發上的「舊市場」搖了搖頭，因為一陣由衷的大笑聲從觀眾席裡響起。觀眾們笑著拍手跺腳。只有妮娜給了我一個被激怒的眼神，難道**她**不才是女主角嗎？布幕拉下以後，「舊市場」握著我的雙手。「妳拯救了整部劇，」他說，「下一部劇，將由妳擔任主角。」我的家人也都讚揚我，艾特文說，我有天分。他認為他自己也有天分，但是他從未有任何機會。在舞會上，他陪我跳舞跳了很久，我為此而對他充滿感恩。他跳得真好，當妮娜和她的護林員跳著舞經過時，她斜眼看了一眼艾特文。護林員比她矮，感覺看起來也不怎麼樣。艾特文也陪母親以及兩個阿姨跳舞，午夜十二點，母親說我們該回家了，於是我只能和我的同伴們道別。下一回，當我們在斯特蘭德羅德路（Strandlodsvej）的餐廳碰面時，「舊市場」給我看一份《阿瑪島地方報》的剪報，上面寫著：「一個非常年輕的女孩，托芙・迪特萊夫森（Tove Ditlefsen），成功地扮演了奧納絲阿姨。」雖然他們拼錯了我的姓氏，第一次看見自己的名字被印在報紙上，還是一種非常奇怪的感覺。「這裡，」積極的「舊市場」說，「這是新劇《特麗爾比》（*Trilby*）的劇本。特麗爾比是個可憐的年輕女孩，她被一個老巫師的魔力所控制。他逼她唱歌，而她的歌聲十分好聽。」「那誰來扮演特麗爾比呢？」妮娜冷冷地說。「托芙，」他說，「由於她不會唱歌，她只需張口閉口。而妳則站在幕後唱歌。」妮娜惱羞成怒，面紅耳赤。她拿起手袋站起來。「我不想參與，」她說，「她張口閉口的時候，你可以自己唱。我受夠了。」我驚嚇地看著她。「我也不想參與，」我說，「妮娜長得比我漂亮。為什麼要我扮演特麗爾比？」忽然間，我們都站起來了。「舊市場」拍著桌子。「劇團是妳們的還是我的？」他怒吼。「哼，」妮娜說，「成功劇團！任何一個笨蛋都可以在報上發個廣告然後把自己假想為成功人士。我走了！」「我也是。」我大喊，急忙追在她身後跟了出去。我必須用跑的才能追到她身邊。忽然間，我們彷彿約好了似的站著不動。我們站在兩個路燈中間，街上空無一人。空氣中有春天的氣息。妮娜發亮頭髮下的小臉依舊帶著陰暗的怒氣，但是忽然之間，她大笑起來，我也跟著大笑。「嗯，妳要當女主角，」她笑著說，「啊，真的太好笑了。」我們想像著，我該怎樣站著張口閉口且不發出聲，而妮娜則躲在觀眾看不到的地方放聲唱歌。我們笑得幾乎無法停止，認同彼此都沒有演戲的天分。我們應該娛樂自己而不是娛樂他人。我們應該在這個充滿刺激的大城市裡放鬆生活，找些可以讓我們墜入愛河的男人，找些長得好看、口袋裡又有錢的男人。如今我們不必再浪費晚上的時間排練愚蠢的《奧納絲阿姨》，我們有得是時間。除了我還是得在晚上十點前回家這件事有點無奈，但是目前我也無法改變些什麼。

10

蘿莎莉亞阿姨住院了。某天，母親去探訪她的時候，蘿莎莉亞阿姨笑著對她說：「我恢復青春了，阿爾芙莉達。」母親說，她應該去看醫生，但是阿姨不肯。跟母親一樣，她也是非到緊急關頭，絕不會去看醫生。晚上，我從辦公室回家以後，母親告訴我這件事。我並不明白阿姨那句神祕的敘述是什麼意思，但是母親跟我解釋說，阿姨停經多年以後，又開始落紅了。儘管母親從來都不跟我說任何有關生理上的事，她總是認為，對於這些事我當然都知道。可見在垃圾間的性教育還是少了一些資訊。母親花了很長的時間，才說服阿姨去看醫生，而當她終於去看診了，醫生便馬上安排她住院。她必須動手術，她告訴我的時候，彷彿說的是像野餐那樣稀鬆平常的事。「是癌症，」母親沉重地說，「先是她男人，現在輪到她。她才剛剛要開始過好日子，她才終於擺脫了那頭野獸。」母親是真心地擔憂和難過，因為她對蘿莎莉亞阿姨的愛，遠超過奧妮特阿姨。在她動手術前一天，我和母親一起去探望她。她躺在床上，邊吃著柳橙邊愉快地和同病房的其他病人聊天。我幾乎不相信母親的話，因為她看起來完全不像個病人，也沒有感受到任何疼痛。然而，當我們跟她道別，走到走廊上時，一位護士走過來問母親，誰是蘿莎莉亞阿姨的家人。當她得知我們便是她最親近的家人，她請母親進去和醫生見面。我坐在外面一張長凳上等候。母親雙眼通紅地走出來。她用力地擤了擤鼻子，扶著我的手臂走出去。「我就知道，」她吸了吸鼻子，「我猜對了。他們不知道她是否會熬過手術。」到辦公室的路上，我打了通電話告訴妮娜，說我今晚不能到她那兒去。我不認為我應該丟下母親，當母親難過的時候，玉德完全幫不上忙。在辦公室，倫格恩小姐猜疑地說：「您的阿姨怎麼了啊？」「她患了癌症，」我嚴肅地說，「她可能會死。」「是啊，」她冷冷地說，「我們都是會死的。您趕快開始工作吧。這裡有幾封信。」我用打字機開始幫兄弟們寫信，師父在口述的時候，我親自做了速記。卡爾．彥森從印刷店裡回來，坐在旋轉辦公椅上。他穿著灰色工作服，耳後夾著一根黃色的鉛筆。就我所見，他從來都不做事，但是在倫格恩小姐面前，他也不需要假裝有事可忙。我看得出來，他明顯有些事想對她說，而我的存在令他尷尬，但是我鎮定地繼續在機器上敲打，漸漸地，我打字已經越來越快了。「倫格恩，」他說，接著往後靠，把臉貼近她。「斯文．奧厄兩星期後要慶祝銀婚紀念。妳覺得，是不是可以找個人寫一首祝賀歌給他？」他鬼祟的目光在我身上逗留了片刻，但是我沒有抬頭。

「天，當然，」倫格恩小姐說，「迪特萊弗森小姐可以啊，不是嗎？」最後幾個字的聲調忽然提高且刺耳，我不敢假裝沒有聽到。「可以啊，」我對著倫格恩小姐說，「我可以。」「她可以，」她對卡爾．彥森解釋，「她只需要一些有關他的資料。」「她會得到的，」卡爾．彥森鬆了一口氣地說，「我明天帶過來。」我斜視著他，忽然之間明白了，那是一種奇特的羞澀感，使他無法直接跟我對話。這讓我對他不再感到那麼害怕，也不再那麼討厭他了。隔天，我開始寫歌，當外面那些人們在陽光下經過的時候——那些獨立的人們能自由地移動，世界在朝九晚五這段時間內為他們而開放，他們每一個人都在為自己可以作主的目標而忙碌。我的阿姨在動手術的這個當下，我在寫著一首愚蠢的歌，而沒有人知道，她是否可以度過這個死亡關卡。電話聲響起，倫格恩小姐把話筒遞給我，臉上的表情彷彿被話筒燒傷了手指似的。「是您的電話，」她尖銳地說，「是個年輕的小姐。」我紅著臉繞過辦公桌，接過話筒，我和卡爾．彥森和倫格恩小姐靠得很近，他們都不說話。是妮娜，我甚至跟她說過不要打電話到這裡找我。「嗨，」她說，「妳聽好。昨天我在海德堡酒吧（Heidelberg）遇到了一個非常可愛的男生。他有一個朋友，非常不錯。高大，深膚色，妳知道。妳會喜歡他的。我答應他，我們今晚會去那裡。他們兩個都會在。」「不行，」我小聲地說，「我今晚不行，我得留在家裡。」「為什麼？」她問，我為難地輕聲說，有機會再跟她解釋。「我現在很忙。」妮娜被得罪了，她說我很奇怪。她好不容易為我找到了一個男生，我卻不願意和他見面。「我得走了，」我說，「我很忙。再見。」我笨拙地放下話筒。「謝謝。」我喃喃地說，然後回到我的位子上。「是您的朋友嗎？」倫格恩小姐在長久且沉重的沉默以後，問我。我說是，她說：「她聽起來有些輕浮。您這個年紀得小心，不要交到壞朋友。」「確實如此，」卡爾．彥森同意，並充滿哲學意味地說：「基本上，還不如有一個男朋友，至少妳知道你們往哪個方向發展。」我繼續寫歌詞，有點煩躁，找不到可以和斯文．奧厄名字押韻的韻腳。海鷗，大門，烏鴉，霧[23]——我想像這一對夫妻年輕時第一次邂逅的時候，是個起霧的夜晚。斯文．奧厄的安靜，和他弟弟的聒噪是同一個程度的。他和他父親一樣胖，頭總是歪向一邊，感覺好像脖子的一側有點過短。這讓他看起來很親切。他們兄弟倆幾乎不說話，因為斯文．奧厄免費住在樓上，而卡爾．彥森得自己在外面花錢租房。此外，斯文．奧厄是長子，當師父去世以後，印刷店將由他來繼承。「這太悲哀了，」倫格恩小姐

23 譯注：海鷗「måge」、大門「låge」、烏鴉「råge」、霧「tåge」在丹麥文裡都和斯文．奧厄的名字「Svend Åge」有相同的韻腳。

憐憫地說，「不是該血濃於水的嗎。」我把歌詞寫好以後，用打字機重新謄打一遍，師父忽然間走了進來，我把紙從機器裡抽出來，藏在抽屜裡，因為我並不是受聘來寫宴會祝賀詩的。作品完成以後，我把它交給倫格恩小姐，她看起來比上一次更興奮。她盯著我看，彷彿我是莎士比亞再世似的，說：「這太棒了，你看看，卡爾．彥森。」他把歌詞拿過去，仔細地讀了一遍，贊同她的話，又沉默地瞪著我看了很久。然後他對著倫格恩小姐說：「天知道她這天分是哪來的？」「是遺傳，」她斷言，「這是與生俱來的。我有一個叔叔，也很擅長寫歌。可是這會讓他筋疲力竭。每當他寫完一首歌以後，他的能量就被消耗了。就好像靈媒一樣，他們也經常這樣耗盡力氣。您不累嗎，迪特萊弗森小姐？」不，我不累，我的能量完全沒有被消耗。然而我很渴望有一個地方，可以讓我練習寫真正的詩。我非常渴望有一個自己的房間，四面牆以及一扇可以關上的門。一間裡面有一張床、一張桌子、一張椅子，一台打字機，或者只是一支鉛筆和一本簿子的房間，這樣就夠了。還有，門必須能上鎖。這些，我現在都無法得到，我只能等到年滿十八歲，終於可以搬離家裡的時候。堆滿錫盒子的閣樓，是我上一個可以找到平靜的地方。還有我童年時的窗台。回家路上，溫柔的五月空氣輕撫著我。現在日光可以持續到晚上了，我的棕色套裝讓我感到溫暖。外套只遮到腰間，裙子是百褶裙。穿上這套裝，讓我有一種盛裝的愉快感覺。妮娜說，我少了一些可以替換的衣服，可是我並沒有錢。我每個月付給家裡二十克朗，因為家裡提供我膳宿，十克朗存進銀行，剩下的二十克朗，部分繳交健保費，便所剩無幾了。那些錢大都被我花在糖果上，因為我都需要在內心掙扎許久，才能平安無事地經過巧克力店。每當我和妮娜去跳舞時，我也得花錢買汽水。那些願意付錢的男士，不幸地通常在晚上十點以後才會出現，而那個時候正是我必須對夜間的歡樂說再見的時候。我有點好奇，妮娜究竟會介紹怎樣的一個男生給我呢，無法和他見面，我也有點沮喪。但是，如果阿姨死了，我不能讓母親一個人面對。回家路上，我喜歡看嬰兒車，因為我喜歡看沉睡的嬰兒手掌攤開擱在荷葉枕旁。我也喜歡看那些以各種方式表達自己感受的人。我喜歡看母親們撫摸她們的小孩，而我，為了看一對手牽著手明顯深愛對方的年輕情侶，會情願跟著他們多走一段路。這些景象，給了我一種帶點憂鬱的幸福感，也讓我對未來充滿無限希望。母親坐在客廳裡等我。她臉色蒼白，明顯地剛哭過。我也愛母親，尤其當她屈服於簡單而真切的感受時。「她沒死，」母親嚴肅地說，「但是，醫生說這只是時間的問題。目前只希望她不會發現自己究竟患了什麼病。妳永遠不能告訴她。」「我不會。」我說。母親去泡咖啡，我看著睡著了的父親的背影。我忽然之間發現，他老了，看起來疲憊不堪。並不是因為有任何太明顯的跡象，只是我自己的一種感覺。父親今年五十五歲，而我永遠不會見到他年輕時的樣子。母親先是年輕，然後是繼續保有年輕，而她仍然屹立不倒。她願意為了年輕幾歲而撒謊，即便是對著知道她實際年齡的我們。她繼續染髮，一週去做一次蒸汽浴，這些努力讓我憐憫她，因為這代表著她內心裡一種我無法明白的焦慮。我僅僅冷眼旁觀。當她把杯子放在桌上時，父親醒來了，他揉了揉眼睛坐起來。「妳告訴她了嗎？」他嚴肅地說。「還沒，」母親平靜地說，「你可以自己跟她說。」「我們找到了新的公寓，」他苦澀地說，「在威斯頓街（Westend）。一個月房租六十克朗。我不知道，如果我又失業了，我們將怎樣負擔這筆費用。」「胡說，」母親嚴厲地說，「托芙支付二十克朗啊。」我嚇了一跳，他們不能這樣計畫一個必須由我來支付的未來啊。他們不能背著我計畫一切，卻又要依靠我。我問，他們為什麼事先不告訴我，母親說，他們要給我一個驚喜。那裡有三房[24]，而我可以占據其中的一間。而且公寓就靠著街[25]，所以我們可以看到街上發生什麼事。我還是有點高興，因為我總是夢想能擁有屬於自己的房間。父親厲聲說：「該死的！她要自己的房間做什麼啊？坐著咬指甲還是挖鼻孔，啊？」我生氣了，因為他一點也不了解自己的孩子。而每當我生氣的時候，我總是會說出讓自己後悔的話。「我要閱讀，」我說，「我也要寫作。」他問我要寫些什麼鬼東西。「詩，」我大吼。「我已經寫了很多首詩，有位編輯曾經告訴我，這些都是好詩。」「妳看看，」父親說，同時用他的大手擦了擦臉，「她的腦子也不太靈光吧。妳知道她在幹這種蠢事嗎？」「不知道，」母親簡短地回答說，「但是那也是她個人的事。如果她想要寫作，那，她當然可以擁有自己的房間。」父親有點被激怒了，他沉默地穿上外套、拿起餐盒，準備出門去工作。他戴上帽子以後，呆立了一陣，看起來有點不自在。「托芙，」他溫柔地說，「有機會的話，我可不可以，嗯，讀一讀妳寫的那些詩？我對這方面多少有一點研究。」我的憤怒忽然消失無蹤了。「嗯，可以。」我說，他有點尷尬地對我點點頭，隨即就出門了。父親懂得在後悔以後糾正他的行為，這是母親並不具備的能力。他離開以後，母親告訴我有關那間新公寓的一切，我們將在下個月一號搬進去。「三間大房間，」她說，「幾乎就是三間大廳了。能夠搬離這個無產階級區，那是多麼美好啊。」她進去臥房以後，我看了看我們小小的客廳。我看著那殘舊、布滿灰塵的紙娃娃劇院，當初父親做好以後，我們是多麼地高興。它大概承受不了搬運而會破爛不堪吧。我

---

24 譯注：丹麥的房子，一廳也算一房。

25 譯注：那個年代，靠街的房子是比較貴的（前棟樓）。院子另一端的公寓較為便宜，也就是作者童年時居住的「後棟樓」。

看著布滿各種痕跡的壁紙，我記得大部分痕跡的來源。我望著掛在牆上的水手之妻，看著餐具櫃上的黃銅咖啡器具托盤，看著那個曾經被母親甩門而甩壞、到現在都還沒修好的門把。我望著窗外，院子另一端的加油站以及吉普賽拖車。我看著這些多年以來都不曾改變的事物，忽然想起，事實上，我厭惡改變。當週遭的事物都在改變，我又如何能完整地保有自己呢。

11

夏去秋來。色彩繽紛的落葉，狂野地隨著風穿越街道，棕色的套裝對我來說已經不夠暖了。我再也穿不下艾特文的舊衣服，於是只好分期付款買了一件大衣。這違反了父親的忠告。他說，每個人都該盡自己的本分，不應該拖欠他人任何東西，否則，桑德赫爾摩（Sundholm）[26]是唯一的下場。我們現在住在威斯頓街了，一樓，三十二號公寓。當我不需要個人空間的時候，我的房間便是起居室，只需一塊印花掛簾便與飯廳隔開了。那裡放著一張有著彎曲桌角的桌子，兩張皮革扶手椅和一張皮革沙發，這些都是二手家具，

26 譯注：當年為酗酒者、妓女、乞丐等社會邊緣人士設立的感化教育機構位於此處。

而且已經相當破舊。夜裡，我睡在沙發上，弓形的沙發椅背使我無法完全拉長身子躺下。「這樣一來，或許妳就不會再長高了。」母親充滿希望地說。我自己也懷疑，一個人究竟要長到什麼程度才會停止，但是就我來說，彷彿根本沒有盡頭。我很快就要滿十七歲了，每個月賺六十克朗。薪水是按工會標準制定的。我的房間並沒有給我帶來多大的快樂，因為晚上當我獨自在房裡時，母親會在掛簾外喊：「妳現在在做什麼啊？妳好安靜啊。」通常，我除了閱讀父親那些已經非常熟悉的書籍以外，並沒有其他的事可做。「妳也可以在這裡讀書啊。」母親以一種高昂的聲音大喊，彷彿我們之間隔著的是一道厚重的鋼門似的。當她心情好的時候，她會把頭伸進門簾裡，說：「妳在寫詩嗎，托芙？」然而，我通常晚上也都不會在家。我和妮娜作伴去洛德伯（Lodberg）或奧林比亞（Olympia）或海德堡這些酒吧，我們坐著，邊喝汽水邊看著在舞池裡跳舞的情侶們，彷彿我們來這兒不是為了跳舞。妮娜通常會先被邀請。我對著那位想和她跳舞的年輕人微笑，彷彿我是她的母親，確保她被照顧好。每一次他們跳著舞經過，我都保持那種認可的微笑，同時也充滿興趣地觀察在這裡的每一個人。我想，人們大概以為我是為了有一天要把這些人都寫進書裡，才如此細微地觀察週遭的環境吧。無論別人怎麼想，只要別將我視為一個被忽略的女孩，來這裡只是為了找一個未婚夫就好。有一次，我和一個可憐我的年輕人跳舞時，我聽見隔壁桌有個男士稍稍提高嗓子說：「瞎眼的母雞也能找到穀物吃。」我的整個晚上都被這句話給毀了。妮娜說，通常十點鐘以後才真正開始好玩，問我可不可以留到午夜。但是對於這一點，母親完全沒有商量的餘地。妮娜也想幫我妝點打扮一下。我們一起用分期付款的方式，買了一件加了厚墊的胸罩，以及一件黑紅相間的連身A字裙。我不敢告訴家裡，只說是妮娜給我的。這些物品出乎我意料之外的產生了效果，雖然無論我的內衣裡有沒有塞著厚墊，我還是一樣的我。「世界想要被愚弄。」妮娜滿意地說，她真的非常希望我和她一樣成功。有天晚上，一位英俊、嚴肅的年輕人邀請我跳舞。他穿著邋遢，我們跳舞的時候，他告訴我，他隔天就要出發到西班牙去參與內戰。我們跳著舞，他把他的臉頰貼緊我的，雖然他的鬍碴刮得我有點刺痛，我卻喜歡他的愛撫。我緊靠著他，我可以感覺到他手掌的溫度完全滲透了我的背。我膝蓋發軟，有一種我從未在與其他人肢體接觸時感受過的感覺。或許他也有相同的感覺，因為他安靜地站著，手臂環繞著我的腰，直到音樂再次響起。他的名字是柯特（Kurt），他問我，可不可以送我回家。「妳將會是我離開前最後一個和我在一起的女孩。」他說。柯特已經失業三年了，他寧願為了某種更大的使命而犧牲自己，甚於留在丹麥腐爛發臭。他靠救濟金維生。他原本是搬運公司的司機，除了開車，他什麼都不會。他坐在我們的桌旁，妮娜開心地微笑，因為我終於找到了一個我或許可以緊緊抓住的男人。儘管我們都同意要遠離失業的男人，但是要找一個非失業人士，其實也不容易啊。晚上十點，柯特陪我走回家。月光皎潔，我的心有些觸動。我跟著一個即將要壯烈犧牲的男人，穿越大街小巷。這讓他在我眼裡和其他人完全不一樣。他有深藍色、杏仁形狀的眼珠子，黑色的頭髮，小孩般的紅唇。在樓梯口，他捧著我的頭，溫柔地親吻我。他問我是否獨居，我說不是。他自己租了一間房，房東是個非常嚴厲的女人，她不允許他帶任何女生回家。當我們站著擁抱著彼此時，母親打開窗戶大喊：「托芙，妳該上來了！」我們驚恐地推開了對方，柯特問我：「那是妳的媽媽嗎？」我無法否認，現在我們不得不分開了。柯特也得到特羅姆薩陵（Trommesalen）去領取由一間三明治店捐出的食物，他們會在午夜時分派發三明治，但是人們在午夜前就得提早排好幾個小時的隊。我站在原地，看著他走向幾乎無人的街頭。他沒有穿大衣，雙手插在薄外套的口袋裡。他很快就會死了，而我再也不會見到他。我上樓，對母親的打擾發出怨言，然而，她說我大可以邀請這些年輕人回家，好讓她看看他們沒有任何的鬼祟行為。她不喜歡我和那些見不了光的人混在一起。此外，她的心思完全在另一件事上，蘿莎莉亞阿姨就快出院了，她已經進進出出醫院好幾次了。她會到我們家來度過她人生最後的時日。這是醫生告訴母親的。他們已經束手無策了，而醫院沒有多餘的床位收留那些時日無多的病人。蘿莎莉亞阿姨將睡在母親旁邊原本屬於父親的位置。而父親則將睡在飯廳裡的沙發上。「這些，」母親說，「在我們舊公寓裡是無法安排的。」這彷彿是冥冥中有一個聲音在驅使她，讓她求父親批准我們搬家。一個晚上，我並沒有攜伴回家，在樓梯口遇見父親。他正要出門去上班，而我要上樓回家。他看起來非常憤怒且沮喪。「艾特文在樓上，」他說。「他居然什麼都沒告訴我們，就這樣結了婚。他有了妻子，搬進了一間公寓，搞不好就快有小孩了。哼，我們為他犧牲了一切。再見。」在還沒打開家門之前（現在我已有了自己的鑰匙），我換上了一副驚訝的表情。「咦，」我說，「你在這兒呀？」他們坐在我的房間裡，因為艾特文現在是客人了，所以我們在起居室裡接待他。母親嚎啕大哭，艾特文看起來非常不自在。或許他為自己的固執感到後悔，整件事在我看來也有點過頭了。「我是為了給你們一個驚喜，」他弱弱地說，「我不希望你們為了婚禮而花錢。」但是這只讓情況更糟糕。母親生氣地問，他是不是以為我們連一點結婚禮物都負擔不起，還是我們對他來說可能不夠體面。艾特文讓我們看看他妻子的一張照片。她名叫葛蕾特，圓圓的臉上掛著酒渦。母親皺皺眉頭，仔細看著照片。「她會下廚嗎？」她停止了哭泣，問道。艾特文並不知道。「她看起來不像會下廚的人。」母親說。我母親在廚房也不行，她所做出來一切能吃的，口感都像水泥，因為她總是放太多麵粉。當我們邊喝著咖啡邊吃著酥皮麵包，她問艾特文的房租有多貴，以及他的妻子是否需要工作，反正他們現在還沒小孩。知道她不需要工作後，母親又好奇她是如何打發時間。非常明顯地，母親已經為葛蕾特塑造了一個既定的負面形象，即使她們見了面，也無法改變母親對她的看法。飯廳的鐘聲響了十一下，艾特文站起來準備離去。「那我們星期天過來。」他有點沮喪地說。他離開以後，母親非常想和我聊天，可我卻非常需要獨處。我想要獨自一個人想著柯特，我想記下當我看著他頭也不回地沿街離去時，在我腦海裡浮現的那些句子。在威斯頓街和馬修斯街（Matthæusgade）交叉口的轉角有家酒館，一個叫「砰和澎」（Bing og Bang）的樂團表演直至午夜兩點，簡直吵翻天。於是我們幾乎要互相大喊才能聽到對方說什麼，比較起來，舊公寓安靜多了。母親問我，和我接吻的年輕人是誰。「一個和我一起跳舞的人，」我說，「其他的我就不知道了。」她說，在把那些年輕人放走之前，我得確保有下一次的約會。她有一種莫名的焦慮，她非常害怕我永遠都訂不了婚，只要有任何年輕人對我表示一丁點的興趣，她便準備好要全然接納他。「妳太挑了，」她直率地說，「妳沒有本錢這樣。」她終於走了，我縮起雙腳坐在桌旁，拿出紙筆。我想著那一個即將死在西班牙的年輕小夥子，接著寫了一首好詩。詩題〈獻給我死去的孩子〉（Til mit døde barn），這首詩和柯特沒有任何直接的關係。然而如果我沒有遇見他，我也無法寫下這樣的一首詩。詩寫好以後，我不再為了永遠不會再見到他而難過。我感到快樂，彷彿獲得了救贖，但同時也感到悲傷。我非常難過，因為我無法讓任何活著的靈魂閱讀這首詩，我還必須繼續等待，等到我再次遇見克羅赫先生那一類人。我讓妮娜讀過我的詩，她覺得每一首都不錯。我讓父親讀了我在堆滿錫盒子的閣樓上寫的那一首詩，他說，那是一首業餘水平的詩，我能以此打發時間是挺不錯的，就如他閒時玩玩填字遊戲那樣。「這一類活動能讓妳鍛鍊腦子。」他說。我自己也想不透，我為何如此渴望能有機會發表詩作，好讓那些對詩有感知的人，能從我的詩裡獲得喜悅。但是我非常想要發表我的詩。那是我在黑暗和崎嶇的路上努力要抵達的方向。是這樣一個想望，支撐我每一天早上起床，到印刷店的辦公室裡，在倫格恩小姐警戒的雙眼前呆坐八個小時。也因此，我計畫在滿十八歲那一天，立即搬離家裡。「砰和澎」樂團吵鬧了一整個晚上，喝醉的人們從酒館的後門湧入我們的院子。在那裡，他們叫囂、詛咒和互相毆打，一直到晨光熹微，院子和街道才安靜下來。

12

有關我寫詩能力的傳聞已經傳到印刷店裡去了，而今每天都湧入不少要我寫歌詞的訂單。卡爾．彥森接收訂單，交給倫格恩小姐，再由她交給我——她始終是我在公司裡唯一有直接接觸的人。我為各種節慶盛典撰寫慶賀歌詞，當我到印刷店裡去分發薪水袋時，工人們尷尬地謝謝我，而我也同樣尷尬地回覆這沒什麼好謝的。我寫歌詞，我用速記記錄給兄弟們的重要訊息、或撰寫死去兄弟們的訃告。這些都被刊登在聖米迦勒及聖喬治勛章會的會刊裡。這些和辦公室行政工作沒多大的關係，但是倫格恩小姐並不願意培訓我，於是當她休假時，辦公室的一切都瀕臨崩潰邊緣，因為我什麼都不知道。當我滿十八歲以後，我要找一份真正的辦公室工作，而不僅僅是個學徒。到時我的薪水也會更高。當我滿十八歲以後，世界在各方面都會不一樣了，而我和妮娜將會有一整個晚上的時間可以消磨。妮娜非常熱中地表示，到時我得想辦法失去童貞。她自己是在十五歲那年，把童貞給了她的護林員。晚上，我們出去玩的時候，她把訂婚戒指取下。她只和那些沒有失業的男人們上床，而我並沒有告訴她有關柯特的事。這個體驗，我只想留給自己。如果我自己獨自租房，我肯定會邀請他到我房裡來。但是我並不確定，我是否願意邀請其他送我回家後在樓梯口吻我的男人入房。有一天，妮娜再次提起我那可恥的處女之身，我說，我只願意在訂婚以後獻出我的貞操。我以前並沒有這樣想過，但是這個決定讓我鬆了一口氣。事實上，也只有唯一一個情人能獲得我的貞操，而妮娜說得好像全世界的男人都在覬覦，實在有點尷尬。目前，蘿莎莉亞阿姨在家裡養病，於是對於我所做的事，母親沒有那麼專注了。她一整天都坐在阿姨的床旁邊，談笑風生，夜裡很早就上床睡覺，躺著繼續聊，直到她們其中一個睡著為止。在她的世界裡，父親成了多餘的人，我想，如果阿姨不會死，母親將會非常快樂。阿姨臉色發黃，皮膚緊貼著骨骼，不斷地提醒你頭骨的存在。她的皮膚如此緊繃，以致她再也無法完全地把嘴巴閉上。我晚上回到家時，如果她還醒著，會把我叫過去，我便會在她床邊坐一會兒。我從頭到尾都努力憋氣，因為床邊飄著一股難聞的氣味，我希望阿姨自己聞不到。如果她的身體有任何疼痛，母親便會到街角的一間咖啡館打電話給護士，她會前來幫阿姨打一針嗎啡。這會讓她有點神智不清，把我和母親搞混。「我就要死了，阿爾芙莉達，」有天晚上，她這樣對我說。「我自己知道，妳不必瞞著我。」「不是的，」我傷心地說，「妳只是生病了。醫生說妳會康復的。」「卡爾當初也是這樣，」她說，「醫生說我不該告訴他。」我沒有回答她，僅僅把她那雙脫皮的手塞到棉被底下，關了燈，走入我自己的房裡。隔著門簾，我可以聽見父親在打呼。我很想對阿姨坦承一切，因為我非常確定，這會讓她快樂一點，但是因為母親，我不敢，母親仍自顧自演著她悲哀的喜劇，而阿姨則演了另外一場「假裝什麼也不知道」的劇。我想，如果有一天我快死了，我會想要知道真相。我也在想，如果我有一天遇見一個喜歡的男孩，我也無法如母親希望的那樣把他請回家，因為阿姨身上的氣味充滿了整間公寓。我們一家都到南港去了一趟，拜訪哥哥和他的妻子。他們住在一間兩房公寓，家具不多，而且都是分期付款買的，這足以讓父親掛上一張嫌棄的臉。葛蕾特嬌小而豐滿，面帶笑容，她一直坐在艾特文的大腿上，母親看著她，彷彿她是一個吸血鬼，沒多久就會吸光他身上的所有精力。母親幾乎不和她說話，而且整個談話也相當困難，因為母親小心翼翼地避免直接和她對談。我對我的家人感到無比的厭倦，每一次當我希望可以自由行動時，卻總是無法避免地撞上他們。或許，在我結婚並組織自己的家庭以前，我將永遠無法擺脫他們。有天晚上，當我們在洛德伯酒吧喝著汽水時，一個年輕人邀請妮娜跳舞，而我慣常地坐著，以我那母性的笑容觀察這些年輕人如何享受人生。這時一名年輕人對我鞠了個躬，我們於是在那成為舞池的四方地上，擠著人群跳舞。他在我耳邊哼著歌：「來自羅馬的那位年輕人啊，沒有人可以避開他。」「那是墨索里尼。」我說。我恰好知道，因為當麗娃・維爾（Liva Weel）[27]頻繁地唱這首歌的時候，哥哥感到非常不滿。「他是誰？」那位年輕人問我，我說，我不知道。我只知道，這個來自義大利的男人，和希特勒一樣壞，沒有人

27 譯注：一八九七年～一九五二年，丹麥歌手和演員。

應該寫一首丹麥文歌來讚揚他。「和您的朋友一起跳舞的是我的朋友，」他說，「他名叫伊貢（Egon）。我叫阿克塞爾（Aksel）。您叫什麼名字？」「托芙。」我說。阿克塞爾很會跳舞，而且他不會像大部分的男人那樣，在跳舞的時候對我上下其手。「您的舞跳得不錯，」他說，「比大部分的女生跳得好。」我告訴他，我從未學過跳舞，而他說，這一點關係也沒有。我體內有韻律。一般在和年輕男人跳舞的時候，他們都很少說話，而我喜歡阿克塞爾，雖然我還沒看清楚他的臉。我們跳著舞經過妮娜和伊貢，我對妮娜微笑，伊貢和阿克塞爾互相打了招呼。音樂停止以後，阿克塞爾問，他們可不可以坐到我們的桌旁，我說好。我們回到座位時，妮娜美麗的眼睛裡閃爍著喜悅。她問我覺不覺得伊貢很英俊，我說是。「他是一名木匠，」她告訴我，「他和他的父母住在阿瑪島上的一間獨立式房子裡，阿克塞爾和他的父母則住在對面。那也是一間獨立式房子。」接著他們就走過來了，我近距離地端詳阿克塞爾。他的圓臉看起來非常友善，他的一切都在提醒你，他曾經是個孩子。他額頭的金色捲髮有點潮濕，藍眼睛裡透著一種真誠的神情，下巴有一道深痕，只有在他笑的時候才會消失。他身上有一種淡淡的奶香味。伊貢比他矮小，膚色較黑，好像年紀也比他大。妮娜問他，在獨立式房子裡有多少房間，我可以看見，她已經遠遠地迷失在一個美夢裡——關於兩個富二代如何將兩個窮女孩帶進一個無憂無慮的世界。或許她甚至計畫要拋棄她的護林員了。我有一種感覺，他應該是非常沉重和嚴肅的一個人，而妮娜所幻想的鄉下生活——那一個他可以提供給她的未來——畢竟還是過於浪漫了。她一時興起的時候，會叫他「灌木叢」，但是她不允許其他人這樣叫他。每個週末她都和他在一起，但是卻不讓我見他。她也不讓他見我，她認為他會覺得我會帶壞她，正如母親覺得妮娜是我的豬朋狗友那樣。

「您從事什麼工作呢？」當我們喝著啤酒的時候，妮娜問阿克塞爾。「我是債務處理人。」他說，同時對妮娜露出迷人的微笑。我不知道那是什麼，但是看得出來妮娜有點失望。「哦，」她說，「所以您捧著帳單到處走動？」「我開車。」他非常自滿地更正她。她臉上的神情稍微亮了起來，忽然之間，她建議我們之間應該以「你」互相稱呼。我們為此而乾杯，而我寧願喝汽水。我不喜歡啤酒。時間已經過了晚上十點，我焦慮地坦承必須要離開了。阿克塞爾風度翩翩地跳起來，扣上他那件肩膀有點過寬的大衣鈕釦。他很高，有嚴重的內八字。當我們穿越舞池的時候，他輕輕地挽著我的手臂，在衣帽間，他幫我穿上大衣。我們穿越冷冷的街，城市裡的燈火比星星還要璀璨，他告訴我，他是養子，他的父母年紀都非常大了，但是相當和藹可親。讓我意外的是，他問我願不願意找一天去他家，和他們打個招呼。「好的。」我說。「我很希望有個固定的女友，」他孩子氣且直率地說，「家裡的老人很希望我訂婚。」在樓梯口，他照課操表似的親吻我，但是我可以感受到他對這個吻並沒有任何特別的感覺，儘管我帶著愛意地把身體傾靠著他，也是如此。他說：「我們四個人將會玩得很開心。」「嗯。」我說，並答應他下個星期天會去他家拜訪。他好奇地問我是不是處女，我承認了。他抓住我的手，真誠地和我握手。「我很敬重妳。」他帶著溫情說。我帶著失望和困惑的心情上床睡覺。我在想，我真的能和一個債務處理人訂婚嗎？我有點懷疑，所謂的債務處理人，會不會其實是腳踏車快遞美化了的說法，差別只在於他是開車而已。

13

阿克塞爾和我如手足般互相禮待對方，接著，在認識十四天以後，我們就訂婚了。妮娜告訴伊賁，我在訂婚戴上婚戒以前，是不會和阿克塞爾上床的，而伊賁把這件事告訴了阿克塞爾，有次我們在他家時，他心血來潮便提議訂婚。現在，我是一個訂了婚的女人了，而母親喜出望外。她覺得阿克塞爾看起來非常可靠，就如她一眼就看出艾特文的妻子不會下廚，她也看得出來阿克塞爾不會酗酒。在母親面前，他表現得非常有風度。「每個人都看得出來，」她這樣對不敢反駁她的父親說，「他是一個受過教育的人。」和阿克塞爾相處了幾個晚上以後，父親說：「除了開車，他什麼都沒學過。」「噢，」母親生氣地說，「這樣還不夠嗎？難道你能開車嗎？」阿克塞爾答應母親有天會開車載她去兜風，對於這件事，我並不特別在意。但是，有一天，我坐在辦公室裡，毫無預警地，外面傳來一陣刺耳的喇叭聲，倫格恩小姐瞪著窗外望。「這到底是誰啊，」她驚訝地說，「他們向這裡揮手。您認識他們？」我滿臉通紅地否認，因為阿克塞爾和母親瘋狂地揮著手，同時把頭伸出車窗外，而阿克塞爾還不斷有節奏地按著汽車喇叭。「他們應該是向樓上的人揮手吧。」我難受地說。「沒禮貌。」倫格恩小姐說，然後把窗簾拉上。當我回到家時，我生氣地要求他們別再愚蠢地到辦公室來揮手，母親說，她和阿克塞爾一整天都玩得非常開心。他們去了蛋糕店，由阿克塞爾請客。她眼睛發亮，彷彿和阿克塞爾訂婚的是她。阿克塞爾的父母個子矮小，年紀大，並且極其和善。他們住在卡斯特魯普（Kastrup）一間獨立式的房子裡。他的父親是一家工廠的工頭，而整棟房子散發出一種富裕的氣息。阿克塞爾的房間在地下室。他擁有一台收音機和一台留聲機，架子上有三百多張唱片，如書籍般一字排開。他房間隔壁是一間撞球室，當妮娜和伊貢來訪的時候，我們四人便在那裡玩撞球。阿克塞爾的父母稱他為小寶貝，他們把他當成小男孩來對待。他對他們非常友愛，正如他對我那樣。他以一種溫暖的方式存在著，讓人感到安全和舒適。有一天，妮娜說我們應該在阿克塞爾那裡開個小舞會。我們可以享用他父親自己釀製的葡萄酒，阿克塞爾的父母已經批准了。我們可以跳跳舞及打撞球，然後我應該和阿克塞爾上床，讓他感到快樂。「喝了酒以後，」妮娜積極地說，「就不會感到任何痛楚了。」伊貢也覺得該是時候了，妮娜這樣告訴我，而基本上，他們彷彿無需問過我和阿克塞爾。我們從來不提這件事，而他一直都尊重我這個尷尬的決定。妮娜和我一起到了那裡，阿克塞爾是個周到的主人。他開了酒，放了唱片，葡萄酒的味道沒有啤酒那麼可怕，我們都因為喝多了而興致高昂。跳舞的時候，伊貢時不時親吻妮娜。她笑著說，「灌木叢」應該看著他們如何享受，她已經向伊貢揭露了她的祕密，而伊貢則取笑著「灌木叢」，說可以想像他坐在門檻上，一邊抽著傍晚的菸斗，一邊欣賞日落。我們大家都為這個畫面而大笑。「妮娜走出來，」伊貢繼續想像，「裙襬上拖著三個流著鼻涕的小孩，妮娜在圍裙上擦了擦雙手說：『孩子的爸啊，咖啡已經煮好了。』」阿克塞爾一直沒有吻我，時間過去，他看起來越來越嚴肅。我幾乎要憐憫他了，因為他在各個方面都像個孩子似的。我自己也因為葡萄酒而興奮不已，而我也真的準備好了，這件事今天就會發生。無論如何，我的體驗總不會比其他人來得糟糕吧。午夜以後，妮娜和伊貢悄悄潛入了撞球室，把門關上。「你們在裡面幹嘛啊？」阿克塞爾多此一舉地對著他們大喊。接著他猶豫且有點膽怯地望著我。「嗯，」他說，「我應該把床鋪好。」他以一種緩慢及小心翼翼的動作來進行。「妳把衣服脫了吧，」他難堪地說，「至少脫一部分。」這種感覺簡直像在看醫生。「我們何不先聊聊天？」我問。「好吧。」他說，於是我們各坐在一張椅子上。他為我們的杯子斟滿了酒，我們貪婪地把酒乾了。「妳也應該，」他溫柔地說，「把門牙補一補吧。」「是啊。」我驚訝地說。有別於其他的手術，看牙醫是需要付費的。「我沒辦法負擔費用。」我補充說。於是他提議由他來付這筆錢，當我不覺得我應該接受時，他說，有朝一日，他還是得養我的。於是我謝了他，表示願意讓他為我支付補牙的費用。「不然太可惜了，」他解釋說，「因為妳其實長得那麼好看。」忽然間，撞球室內傳來一陣怪異的哀嚎聲，我倆倒抽一口氣。「那是伊貢，」阿克塞爾解釋，「他總是如此熱情奔放。」「你也是這樣嗎？」我小心地問，因為如果他真的會如此咆哮，我想要做好準備。「不，」他老實地說，「我沒那麼熱情。」「我也覺得我不會。」我坦承。他的眼中閃爍著一絲希望。「我們其實也可以，」他樂觀地說，「等到下一次？」「那他們會覺得我們有點蠢。」我說，並朝著撞球室的方向點了點頭。「嗯，那，我們可以把燈熄了。」阿克塞爾關了燈。我咬著牙躺著，聽著他溫暖、友善及安撫的言語。整件事其實並不太糟糕，而他也沒有發出任何野獸般的聲音。事後，他再次開了燈，而我們兩個大笑，彼此都有一種巨大的鬆懈感，終於過去了，其實也沒什麼特別的。「我必須跟妳說，」他很坦白，「我從來沒有和處女上過床。」妮娜和伊貢帶著紅紅的臉頰和發亮的雙眼出現。他們看著床，再看看我們，然後互相對看，彷彿這一切都是他們的傑作，但是我們都沒有說什麼。我們繼續跳舞，因為當我和阿克塞爾在一起的時候，晚些回家是被允許的。只要有他在，我要做什麼都可以，母親知道了也不會感到震驚。後來，妮娜問我，是不是十分美好呢，我理所當然地說是。她說，每一次都會比上一次更美好哦，可是我並不打算讓這件事重複發生。事實上，我覺得，在我的人生裡，這是一件完全無關緊要的事，它完全比不上我和柯特的短暫邂逅，以及和他之間那些或許該發生卻未發生的事。然而，我還是把一切寫進了日記裡，自從有了自己的房間以後，我就開始寫日記了：「當妮娜在撞球室裡把她溫暖且充滿熱情的身體獻給了伊貢，那個當下，我以一個簡潔而純真的『是』，回答了阿克塞爾關於我是否潔白無瑕的問題——諸如此類。」在日記裡，一切都是純粹的浪漫。我把日記藏在臥房裡五斗櫃最上層的抽屜裡。我加了一把鎖。抽屜裡也放了兩首我寫的「真正的」詩、三個溫度計以及五、六個保險套。這些東西都是我在護理用品公司上班時偷來的，因為我有段時間考慮要開一家護理用品公司。只是在還未把貨物存夠以前，就被趕了出來。

阿克塞爾對我還是跟之前一樣，這讓我大大鬆了一口氣，他也沒有提起那件讓人尷尬的插曲。我猜，他會做任何伊貢叫他做的事，正如我也總是傾向於做任何妮娜要我做的事。當我單獨和妮娜在一起的時候，我讓她相信，阿克塞爾和我經常做那件事，或許當阿克塞爾和伊貢在一起的時候，他也是這樣告訴伊貢吧。白天，阿克塞爾開心地載著母親到處轉，當他和顧客見面時，她就在貨車裡等他。他受聘於一間家具公司，他告訴我，很多顧客都是妓女。我那疑心病重的母親發現，他到這些女人家的時候，都逗留得特別久，但他只說要向她們討債是非常困難的事情。母親說，我不該信任他，然而我其實根本不在乎他是否和那些妓女們上床。我認為這件事與母親以及我都無關。更糟糕的是，當我去他家時，我感受到他父母的冷漠。我不知道自己哪裡冒犯了他們。偶爾，我發現他母親在以為我沒有察覺的時候，尖銳地瞪著我看。她個子嬌小，和我的外婆一樣，總是穿著黑色的衣服。她棕色的眼睛充滿智慧，有一頭白髮。我從未看過她不穿圍裙。「阿克塞爾是不是答應幫妳支付牙醫費用？」有一個晚上，她這樣問我。「是的。」我說，感覺非常不自在。「他賺得並不多，」他母親說，「恐怕妳還是得自己付錢。」有些事情，我完全不明白。有天傍晚，我被邀請到他們家去用晚餐，我比阿克塞爾先抵達。他的父母看起來非常嚴肅。他母親說，阿克塞爾並不適合我。他永遠都無法養活一個妻子，而且他也高攀不上我。「讓我來說。」他父親說，同時對她揮了揮手。「事情是這樣的，」他說，「已經很多次了，當公司的帳目出現虧空的情況時，我們都付錢解決。我的意思是，阿克塞爾拿了那些不屬於他的錢。在財務方面，他一直像個小孩。我們以為，只要他和一個好女孩訂了婚，便會停止這樣的行為，但是，並沒有。他是我們唯一的兒子，也是我們最大的悲傷。他已經有過十一個學徒工作，但是都半途而廢了。他腦子裡唯一關心的，是車子和留聲機唱片。」「他是一個好孩子。」他母親維護著他，她擦了擦眼睛，說：「但是他為人魯莽，也沒有責任感。」「我喜歡他，」我說，「他不必養我。我可以靠寫詩維生。」最後那句話是不經意間脫口而出的，我驚慌地看著阿克塞爾的父母。他們看起來不太驚訝。「我知道，」他母親說，「妳並不是一個普通的年輕女孩。從妳身上便可以感覺得到。」然後阿克塞爾開著車子回來了，他把車子停在屋外的碎石地上，發出一陣刺耳的煞車聲。他常常把公司的車開回家。他按門鈴的時候，他母親說：「妳別說我沒警告妳。」我思考了好幾天，我非常高興他們可以感受到，我不是一個普通人。也還沒多少年以前，我反而為此而感到難過。對於我的未婚夫，我左思右想了很久，最後的結論是，作為一個希望有朝一日可以進入上層社會的女孩來說，他並不是一個理想的人生伴侶。但是我無法做到取消婚約。我覺得有點對不起阿克塞爾，他對我一直是非常有風度、友善和充滿尊重的。然而我自己的母親也開始懷疑，阿克塞爾的口袋裡為何總是有錢，以及為何每次都在妓女們家裡逗留那麼久。她不再跟著他的車子到處去，也勸我找另一個像爾林那樣想當教師的男朋友，當初我把他一腳踢開，彷彿我門口有一整排的年輕人在等著我似的。妮娜陷入了嚴重的危機，她認真地考慮和「灌木叢」分手，和伊貢結婚。當我告訴她我所知道的有關阿克塞爾的一切，她勸我一補好牙以後，馬上跟他分手。牙齒的填充物並不明顯，妮娜認為，療程結束後，我只要看上誰，我就可以得到他。我終於有了一點「美貌」，她說，而這一點，男人都看得見。但是我和阿克塞爾在一起的時候，我很快樂，因為我真的喜歡他。在他的陪伴下，我感覺到快樂和安全。我不再去拜訪他的父母，他也不再來我家。母親現在對他相當冷漠，而父親只會問他一些讓他看起來相當無知的問題。「你對奧林匹克運動會有什麼看法，嗯？」父親對他說，「你不覺得那非常丟臉嗎？」他指的是在柏林舉辦的奧運，我國的女子游泳隊目前正在那裡參賽，但是阿克塞爾對奧運一無所知。對於希特勒和世界的局勢，他知道得也很少，而且，他也沒有讀過恩斯特．格雷瑟（Ernst Glaeser）[28]的《最後的平民》（*Der Letzte Zivilist*）[29]。我有，所以我知道那麼多關於對猶太人的迫害以及集中營的事實，而這些都造成了我的恐慌。和阿克塞爾在一起，之所以會那麼放鬆，正是因為他對這個時代一切會對人們造成恐慌的事，毫無所知。可這也不代表他是一個蠢人，然而父親對

28 譯注：一九〇二年～一九六三年，德國作家。他和左派政治有聯繫，著作曾在納粹時代被公開焚燒，而後流放到瑞士。

29 譯注：《最後的平民》是恩斯特．格雷瑟的流亡小說，被譯為多種語言，亦曾被改編為影集。

他的盤問，目的僅僅是為了證實這一點。他可以感受得到，便停止了到我家裡來拜訪。於是我們在一起時成了無家可歸的人，只能在餐廳或街頭見面。有一天，他到辦公室外接我，我們沉默地走到了H・C・奧雷斯塔德路（H.C. Ørstedsvej）。他顯然有些話想對我說。這一天終於來了。「我想，」他說，「我們要不要把戒指都摘了。事實上，我並沒有愛上妳。」「而我，」我說，「我也不曾愛上你。」「嗯，」他說，「我知道。」他難堪地邁著大步，我只能在他身後小步跑跟著他。「我很快就滿十八歲了。」我說，並不知道究竟和這件事有什麼關係。「是啊，」他說，「到時妳就成年了。」我們不發一語地走了一段路。「我母親也說，」他解釋，「我配不上妳。妳應該和一個有錢或飽讀詩書這一類的人結婚。」「是啊，」我說，「我也這樣覺得。」在樓梯口，他一貫溫柔地親吻我，隨著把手指上的戒指扭下來。他把戒指放入口袋，我把我的戒指也放進去。「或許，」他說，「我們會再見。」他那短短、僵硬的睫毛最後一次摩擦著我的臉頰。接著他以那雙剪刀形的雙腿，柔軟如小男孩的背脊，走到威斯頓街上。他轉身對我揮揮手。「再見。」他大喊。「再見。」我對他回喊，同時揮了揮手。然後我上樓，在把鑰匙插入門以前，我深深地吸了一口氣，因為那味道越來越濃郁了。我走向母親和蘿莎莉亞阿姨。「現在，我沒有婚約了。」我說。「那很好，」母親說，「他並不怎麼樣。」「他很好。」我說，然後不再說話。我無法向母親說明有關阿克塞爾的獨特之處。「每一個人，都有他們的獨特之處啊，阿爾芙莉達。」床上的阿姨輕聲說道。於是我們都知道，她在想念卡爾姨丈了。

14

有天早上，當我轉入街角，來到印刷店所在的菲德烈堡（Frederiksberg）的別墅街時，我看見在辦公室大樓前的小花園裡，旗子降了半截。我的第一個念頭是，或許倫格恩小姐死了，這居然讓我產生一種詭異的喜悅。這樣一來，我終於可以負責總機，也可以接電話了。只要我想，我可以隨時打電話給妮娜。我帶著些許的興奮上樓，但是當我走入門內時，我看到倫格恩小姐坐在她的老位子上，大聲地擤鼻子。她的鼻子通紅，彷彿她在猛烈的陽光下坐了很久似的。「師父死了，」她以沙啞的聲音說，「走得很突然。他和兄弟們一起在會所。演講到一半，他昏倒在桌子上。心臟病，醫生也無能為力。」我坐在我的位子上，什麼也沒說。師父是一個非常沉默寡言的人，每個人都怕他，包括他的兒子們。他文字上的表達能力並不好，我經常潤飾他寫給兄弟們的信件或訃告，反正他也不記得他口述的內容。除了口述信件以外，他從未和我說過話。當我在記錄工作表時，倫格恩小姐責備似的瞪著我看。「您至少可以悼念一下吧。」她說。「悼念是什麼意思？」我問。她沒有解釋，只是繼續讀報。「您聽了愛德華（Edward）國王[30]的退位聲明了嗎？」她問，「真叫人感動啊，為了一個女人而放棄王位！而且他好帥喔。英格麗特公主始終沒有得到他啊。」「他長得像萊斯利・霍華德（Leslie Howard）[31]。」我鼓起勇氣說，現在輪到她問

30 譯注：愛德華八世，一八九四年～一九七二年，英國國王，登基數月後向已婚美籍名流華麗絲・辛普森求婚，此行為違反英國王位與英國國教繼承規定而引發憲政危機。他在位三百二十六天後退位，受封溫莎公爵，並於一九三七年和辛普森結婚。

31 譯注：一八九三年～一九四三年，英國演員，曾兩度獲得奧斯卡最佳男主角獎提名。

我他是誰。她給我看了辛普森（Simpson）夫人[32]的照片，說：「真奇怪啊，他怎麼會愛上這樣一個半老徐娘。如果是個年輕女孩，我還會覺得比較合理啊。」她用手指把她那老處女般的髮型往上梳了梳，彷彿覺得，如果那女人是她，世界會比較容易接受這件事。「他年輕的時候長得很帥，」忽然間她提起了師父，夢幻似的說，「卡爾・彥森長得像他，您不覺得嗎？我要買件黑色的套裝去參加葬禮，我至少能為他做到這一點。您要穿什麼呢？啊，您可以穿上您的套裝，畢竟是春天了。」死亡和退位讓她變得非常聒噪。她說，接下來會有極大的改變，而這些改變很有可能會導致我被革職。我之所以會被雇用，完完全全是因為師父的一時興起。這樣一個光明的前景讓我充滿喜悅和希望。還剩下半年的時間，我就滿十八歲了，也該是我搬離家裡的時候了。家裡的氛圍非常沉重，讓人難以呼吸。蘿莎莉亞阿姨時日無多了，她和母親之間那些歡快的對話也完全停止了。我的阿姨完全無法進食，全身充滿痛楚。父親像罪犯般地在屋裡躡手躡腳行動，因為只要母親和他對上眼，便會對他怒吼。艾特文和葛蕾特至今都還未來拜訪，因為處在悲痛欲絕狀態下的母親，沒有力氣再去處理任何家務。她晚上睡得很少，於是我為自己買了一個鬧鐘，並在早上醒來後為自己煮咖啡。每個晚上，我都和妮娜在一起，她經過了內心的交戰以後，和伊貢分手了，因為她寧願和「灌木叢」一起住在鄉下。幾乎每個夜裡，酒館打烊後，我都會站在樓梯口和某個年輕人擁吻，他們大多數失業，而我不會再見到他們。到後來，我根本記不得他們的樣子。但是我開始渴望和另一個人之間那種親密的聯繫，那種大家稱之為愛情的

32 譯注：全名華麗絲．辛普森（Wallis Simpson），一八九六年～一九八六年，愛德華八世退位後受封溫莎公爵並與她結婚，她因此享有「溫莎公爵夫人」的頭銜，但無法隨丈夫享有「殿下」稱呼。

情感。我不認識愛情，卻渴望著愛情。我認為，我只要離開了家，便會找到愛情。而我即將愛上的那個人，會和其他人不一樣。我想起克羅赫先生，我甚至認為，我未來的情人不必是個年輕小夥子。他也不必長得帥。但是他必須喜歡詩，他必須知道如何給我忠告，讓我知道該如何處理我的詩。每個晚上，我和一個年輕人吻別以後，我便在日記寫一首情詩，日記取代了我童年時的詩本。那些詩，有些很不錯，有些並不怎麼樣。我學會了分別詩的好壞。但是我並沒有閱讀太多的詩，因為我總是輕易地被影響，而寫出類似風格的詩。師父的葬禮對我來說，是個可怕的考驗。卡爾・彥森在墓園為員工和家人致詞。微風把他的講辭往另一個方向吹去，我一句也沒聽到。作為最年輕和最不重要的員工，我站在最後一排，身旁站著一個大腹便便的印刷工。雨下了起來，我穿著套裝，開始覺得很冷。忽然間，我腦海閃過一個念頭，我可能懷孕了，奇怪的是我之前完全沒有想過這個問題。那個時候，阿克塞爾也沒有考慮這個問題。我要怎麼知道，我是否懷孕了？忽然之間，我覺得懷孕的徵兆無所不在，而如果真的發生了，我不知道該怎麼辦。妮娜向我透露說，她不能懷孕，要不然她很久以前早就懷上了。她說，男人從來不謹慎，他們根本不在乎。我想起母親總是說，我不能帶個小孩回家，我尤其想到，此刻的我正徘徊著朝向一個模糊的目標前進，懷孕將會阻礙這一切。我非常想要一個小孩，但不是現在。事情有先後順序。致詞結束以後，所有人將聚在一起喝杯咖啡或啤酒，我告訴倫格恩小姐，我要回家，因為我的阿姨快要死了。她看起來不相信我說的話，但是我不在乎。我匆匆趕回家，站在玄關照著鏡子。我覺得，我看起來很糟糕。我摸了摸乳房，覺得有點脹痛。我想著鮮奶油蛋糕，覺得我有點反胃。我摸著平坦的腹部，覺得它彷彿變大了。五點鐘，我站在皮萊路（Pilestræde）《貝林時報》報社外面等著妮娜。我告訴她心中的恐慌，她說我該去看醫生。隔天，我沒去上班，我去了那位又老又邪惡的柏納森（Bonnesen）醫生那裡，吞吞吐吐地說明了來意。「您早該知道這種事會發生，」他以一種折磨人的聲音對我吼，「在您做出這種事之前。」他給我一個尿罐子，隔天我把罐子裝滿了交還到診所。接下來的幾天，倫格恩小姐問我在想什麼，因為別人跟我說話，我根本沒在聽。她的思緒依舊在師父和溫莎公爵之間來回擺動。她那探測的眼光足以讓我深切地感受到生理上的疼痛，我真心希望那看起來很有可能的解雇能夠實現。再過了幾天，我終於得知，我沒有懷孕，於是放下了心頭大石。「我是一個非常浪漫的人，」倫格恩小姐一邊翻著一本週刊，裡面滿滿都是這一對聞名世界的夫婦的照片，一邊這樣跟我表示。「所以我會為這類故事而哭泣。您不會嗎？您完全不是一個浪漫的人嗎？」這一類的問題總是包含了隱藏的責備，於是我趕快向她保證，我也是一個浪漫的人。浪漫這個詞，總是讓我想起提著短彎刀的貝都因人（Bedouins）[33]，想起在河邊那些月光皎潔的夜晚，想起星辰滿布的墨藍色夜晚。我想到寂寞，想起沒有家人和親戚的那種孤身一人，想起閣樓裡的燭台，一支劃過紙上的筆，以及一個在此刻，我還不知道姓名也不知道長相的男人。「是啊，」倫格恩小姐充滿深意地說，「我也認為您是。要不然，您也寫不出那麼美麗的歌詞。」她也說：「您何不當一個慶典歌詞寫詞人呢？您可以靠這個賺不少錢啊。」我考慮了片刻，我是否可以在家裡的窗戶掛一個告示牌寫著「為各種慶典撰寫歌詞」。下面寫上我的名字。但是母親應該不會允許在窗子掛上這樣一個告示牌。在師父葬禮不久後的一個深夜，母親把我叫醒。「來，」她說，「我想，終

33 編注：泛指居住在沙漠地帶的阿拉伯人。

於還是來了。」她哭得讓我完全認不出她的臉。我的阿姨把身體彎成一把弓，頭向後仰，脖子上僵硬的筋在泛黃的皮膚下看起來像粗粗的繩子。她發出詭異的嘎嘎聲，母親輕聲說，她已經失去意識了。但是她睜著眼睛，眼珠子在眼眶裡打轉，彷彿就要掉出來了。母親說我得出門打電話給醫生。我趕快穿上衣服，到街角的餐廳裡去借電話，「砰和澎」在那裡演奏著非常吵鬧的音樂。醫生是個友善的男人，他站了很久，悲傷地看著阿姨。「要不要給她再打最後一針呢？」他幾乎在自言自語，同時拿起了針筒。「拜託了，」母親求他，「看她這樣，實在是太可怕了。」「好的好的。」他在她骨瘦如柴的腿上打了一針，過了一陣，她所有的肌肉都放鬆了下來。她的眼皮闔上，身子躺下，打著呼睡著了。「謝謝。」母親對醫生說，她把他送到門外，完全沒有想到自己那一身皺皺的睡裙。我們就這樣坐在臨終病人的床邊，沒有人想到要把父親叫醒。那是我們的蘿莎莉亞阿姨，對父親來說，她僅僅是他人生裡的一個配角。半夜，阿姨停止了鼻鼾聲，母親把耳朵靠近她的嘴邊，探測著她是否還有呼吸。「過去了，」母親說，「上帝保佑她，終於可以安息了。」她再次回到椅子上，以一種無助的眼神看著我。我替她感到非常的難過，我覺得，我應該摸摸她、親吻她，但是這些都不可能實現。她看著我的時候，我連哭也哭不出來，儘管我知道，她總有一天會說，當阿姨死的時候，我居然都沒有哭泣。她會說我是一個冷酷無情的人，從這一點就可以看出來，或許，在我不久後離家的那一天，她就會說出這樣的話。而我從來都沒有告訴她，我想離家的打算。我們靠著彼此坐著，但是我們的手之間相隔千里。「現在，」母親說，「本來該是她享受人生的時刻。」「是啊，」我說，「但是她不再受苦了。」儘管夜已深，母親還是煮了咖啡，我們坐在我的房間裡喝著。「明天，」母親說，「我會到奧妮特阿姨那裡去告訴她。在蘿莎莉亞阿姨躺在這裡的這段時間，她只來探望過三次。」當母親開始責備他人的舉止時，她便在這個片刻從深不可測的絕望裡被拯救了。她細訴著，從她們小的時候開始，奧妮特阿姨從未在任何重要時刻陪伴過她們。當時她總是說著其他兩個姐妹的是非，以及她如何比她們更優越。我讓母親說，我自己幾乎不必說什麼。對於蘿莎莉亞阿姨的死，我感到難過，但是沒有像我童年時那樣強烈的感受。那個晚上，儘管「砰和澎」吵翻天，我還是開著窗戶睡覺，我非常希望那一股腐爛、令人窒息的氣息可以從公寓裡滲出去。死亡並非如同我以為那般，溫柔入睡。死亡是殘酷、可怕，充滿惡臭。我用雙臂環抱著自己，為自己的青春和健康而感到歡欣。否則，我的青春不過是我來不及擺脫的一種匱乏和障礙。

15

「我們搬家都是為了妳，」母親沮喪地說，「為了讓妳有自己的房間可以寫詩。但是妳完全不在乎。現在妳父親又失業了。我們需要妳付給家裡的那一份錢。」父親坐起來，揉了揉眼睛。「我們不需要，」他生氣地說，「如果不靠孩子就無法生活，那也太糟糕了。你為他們犧牲了一切，可當你正要開始享受一些些他們的回報時，他們便消失了。艾特文也是這樣。」「艾特文的情況不一樣，」母親說，「他是男孩。」母親這樣說，完全只是為了反駁父親，於是我稍微可以鬆一口氣，因為現在變成了他們兩人之間的交戰。我們坐在飯廳吃晚餐。因為父親的工作時間不固定，於是我們習慣了在中午十二點吃熱食，然而現在也沒關係了。其實我也失業了。在我生日前十四天，我被辦公室解雇了。但是我已經找到了新工作，後天就要開始上班，同時，我也租了一間房間。明天我就會搬進去，我已經告訴父母了。當我把盤子端出去的時候，他們正在為這件事而爭執。「她冷酷無情，」母親哭著說，「就像我父親一樣。蘿莎莉亞死的那個晚上，她毫無表情地呆坐著，一滴眼淚也沒流。真叫人不寒而慄啊，迪特萊弗。」「才不是，」父親咆哮，「她本來就是個好孩子。是妳沒把孩子們教育好。」「那你呢？」母親大吼，「難道你就沒有教育他們？你教他們成為社會主義者，還用斯陶寧的鬍子擦乾鼻涕。不，蘿莎莉亞死後，托芙也要搬走了，再也沒有什麼值得我活下去了。你只會躺著打呼，不管你有沒有工作。真是看著都嫌無聊。」「妳呢，」父親非常生氣地說，「妳的心裡只有妳的家人和皇室。只要妳可以時刻都光顧理髮師，妳就不關心妳的丈夫在餓肚子。」幸好母親此刻是因為生氣而哭泣，而不是因為我的搬離而傷心。「男人，」她嚎哭，「這就是我的男人。你連碰都不願意碰我了，可是我還沒一百歲，世界上還有其他男人。」砰！她走進臥房，把門甩上，撲在床上繼續嚎啕大哭，大概整棟樓都聽得到她的哭泣。我把桌巾從桌上拿下摺好。自從我們搬到這個比較好的區域以後，我們不再以《社會民主報》充當桌巾，於是我可以不必再看到來自納粹德國的安東．漢森的可怕漫畫。父親用手狠狠地在臉上擦了擦，彷彿想要把他的五官都重組一遍似的，然後他疲憊地說：「妳母親目前正處在一個艱難的年紀。她神經不太好。妳應該考慮到這一點。」「嗯，」我說，有點尷尬，但我還是說：「可我想要有自己的人生啊，爸爸。我只是想做自己。」「妳有自己的房間啊，」他說，「在這裡，妳也可以做自己，寫所有妳想要寫的詩。」不知道為什麼，每當他們提起我的詩，我便會感到十分厭惡。「不僅僅是這樣，」我邊走進門簾邊說，「我想要一個讓我可以把朋友請回家的地方。」「這樣啊，」他說，再次擦了擦臉，「嗯，這妳母親並不允許。但是妳至少要好好照顧自己吧。」「我會的。」我答應他，然後終於可以回到房間。我已經把所有的東西都打包好，但是在臥房五斗櫃抽屜裡的東西，我只能等母親再次回到飯廳時才能拿走。我在奧斯特布羅租了一間房間，因為我覺得，如果繼續留在韋斯特布羅，就不算真正地搬了家。我不喜歡我的房東，但我還是把房間租下了，因為房租每個月只有四十克朗。我還需要付清我的冬天外套和牙醫費用的欠款，但是我可以負擔得起，因為我在外匯管理局的薪水是每個月一百克朗。我的房東是個巨大而粗壯的女人。她有一頭狂野的、漂過色的頭髮，以及非常戲劇化的外貌，彷彿下一刻馬上就會發生災難性的事件似的。客廳裡掛著一張希特勒的巨大照片。「看，」我向她租房的那一天，她說，「他長得真好看，不是嗎？有一天他將會統治整個世界。」她是丹麥國家社會主義工人黨（DNSAP）[34]的黨員，她問我願不願意入黨，因為他們希望可以吸收丹麥的年輕人。我拒絕了，說我對政治一點研究也沒有。至於她的為人，也全然與我無關。最主要的是，房租便宜。隔天，我就搬進去了。我提著手提箱，手上拎著放不進手提箱裡的鬧鐘，去搭電車。在兩站之間，鬧鐘響了一次，我把鬧鐘按停的時候傻傻地笑了。這是一個相當特別的鬧鐘，只有我能駕馭。它像一個老人那樣暴躁與氣喘吁吁，當它開始有點遲鈍並且吱吱作響，我就會把它摔在地上。於是它又再次柔和而親切地滴答作響。房東穿著我第一

34 譯注：丹麥國家社會主義工人黨（Danmarks Nationalsocialistiske Arbejderparti, DNSAP），是丹麥二戰前及二戰期間最大的納粹黨。

次見她時那件寬鬆的和服迎接我，而她看起來還是一樣的戲劇化。

「您應該還沒訂婚吧？」她手壓著胸口問我。「沒有，」我說。

「上帝保佑，」她鬆了一口氣，彷彿剛剛安全度過了一場危機。

「男人！我結過一次婚，小朋友。他喝醉的時候，就會把我打得鼻青臉腫的，而我還得養他呢。這種事絕對不會發生在德國，希特勒是不會允許的。不願意工作的人，都會被丟到集中營去。這個鬧鐘的聲響很大嗎？我很難入睡，而這裡已經很吵了。」它響起來的時候，一整個教區都可以聽見，但是我堅持說只跟靜音差不多。她終於走了，我於是可以安靜地看著我的新家。房間很小。有一張有花卉椅套的沙發，一張同一風格的扶手椅，一張桌子，以及一個五斗櫃——上面的抽屜有著彎曲、鬆脫的鎖扣鐵片。其中一個抽屜插著一把鑰匙，所以我確實可以擁有一些屬於自己的東西。在其中一個角落有一條簾子，簾子後面橫掛著一根桿子。這將成為衣櫃。這裡也有一個缺了角的洗臉盆和大水壺。此外這裡和妮娜的房間一樣冰冷，而且也沒有壁爐。我把衣服掛在簾子後面，出門買了一百張打字機紙。接著我用僅存的十克朗，租了一台打字機，回到房裡後，把它放在搖搖晃晃的桌子上。我把扶手椅拉到桌子旁，但是當我坐下的時候，椅座卻壞了。我最想用我那四十克朗換來的，便是一張桌子和一張椅子，但是或許我需要付更多的錢，才能得到這些吧。我走出去，敲了敲客廳的門，房東坐在裡面聽收音機。「蘇爾太太，」我說，「椅子壞了。我可以借一把一般的椅子嗎？」她盯著我看，彷彿我帶來的是一個非常不幸的消息。「壞了？」她說，「那是一張很不錯的椅子。是我在婚禮上使用的啊。」她衝進房裡察看毀損情況。「您得給我五克朗當作賠償。」她這樣說，隨即把手伸出來。我說，我在下個月一號前都沒有錢。那她只好把這筆錢算到房租裡，她生氣地說。她走出去的時候，我跟著她，央求她給我一把普通的椅子。「這簡直是在剝我的皮啊，」她哀嚎地說，手再次按摩著胸口，「真不值得把房間租出去啊。您極有可能也會把男人拖進我家裡來。」她哀求似的朝希特勒望了一眼，彷彿他會親自到來把那些或許會出現的男人丟出去似的。接著她走進另一個房間，那裡挨著牆放了一排硬邦邦的直背椅。「這裡，」她氣憤地說，同時找了一把最殘破的椅子，「拿去啊。」我有禮貌地說了聲謝謝，把椅子扛回我的房間。它的高度和桌子剛剛好契合。於是我坐下，把我的詩謄打了一遍，它們彷彿因此而變得更好了。這工作讓我充滿了平靜，這些詩在將來會結集成書的夢想，比以前更加強烈、色彩鮮明。忽然間，我的房東站在門邊。「這個，」她指著打字機說，「製造了可怕的噪音。它聽起來就像機關槍似的。」「我很快就打好了，」我說，「我通常只會在晚上的時間才使用打字機。」「好吧，」她搖了搖那一頭黃髮。「但是十一點鐘以後不能使用。這聲音太吵鬧了。聽著，您今晚想不想聽希特勒演講呢。他的每一場演說我都會聽，每一場都很棒。充滿男子氣概、堅定、鏗鏘有力！」因為她激動地揮動手臂，所以她豐滿的乳房更加顯而易見。「不，」我警覺地說，「我……我今晚應該不會在家。」但是我卻在家，因為護林員來看妮娜了，於是我無處可去。我坐著挨凍，儘管我已經穿上外套了，我也無法集中精神寫作，因為希特勒演說的聲音穿透了牆，彷彿他就站在我旁邊。那是一場帶著威脅和怒吼的演說，讓我感到非常害怕。他提起奧地利，我把外套的釦子一路扣到脖子下，腳趾在鞋子裡捲縮著。群眾吶喊的「希特勒萬歲」，有節奏地打斷他的演說，房間裡沒有一個可以讓我躲起來的角落。當演說結束後，蘇爾太太走進我房裡，眼神閃爍，臉頰通紅。「您聽到了嗎？」她眉飛色舞地大喊，「您理解他嗎？其實也根本不需要理解，他說的話就如蒸汽浴那般，直接滲透到皮膚裡去。我把每一個字都**喝下**了。您想要喝杯咖啡嗎？」我謝絕了她的邀請，儘管我一整天都沒吃過一口飯，也沒喝過一口水。我拒絕，是因為我不想坐在希特勒的照片下。我覺得，他彷彿會發現我，並且想方設法地把我粉碎。我所做的事，在德國算是「頹廢主義藝術」吧，我想起克羅赫先生說過的那些有關德國知識分子的事。隔天，我開始在中央銀行外匯管理局的打字室上班，而希特勒入侵了奧地利。

16

「您會跳克力歐卡舞（carioca）嗎？[35]」我從我的速記本抬頭，說，不會。我看著那個我正在為他做速記的祕書，他長得很好看，但是他並沒有認真對待他的工作。他懶洋洋地半躺在椅子上，時不時喝一口放在他身邊的啤酒。他張大嘴打呵欠，也不用手遮著嘴巴。「嗯，」他疲倦地說，「我們說到哪了？」我們坐在頂樓一間大房間裡。這裡有很多桌子和很多位祕書。當他們需要一位打字小姐時，他們便會打電話到我們打字室來，我們的主管便會派我們

35 編注：這種舞是一種集體舞，眾人會手牽手隨著音樂來回搖擺。

其中一個上來。我非常喜歡這份工作，但是這些祕書們讓我很絕望。他們只想聊天，然後工作全都堆放在藍色文件夾裡，在上面用紅筆寫著「緊急！」。這些都是各式各樣的申請書，每一份申請書都附上一封讓人動容的信件，信上說明，申請若未被批准，便有可能導致自殺事件。每一個申請者都寫了非常緊急——但是其實全然個人——的理由，說明為什麼**他的**貨物應該被批准進口。我會跳克力歐卡舞，但現在是我的工作時間，而我目前的薪水是有工作以來最高的。「別皺眉，」祕書微笑著對我說，「不然皺紋會永遠留在那裡哦。」我從樓梯一路不停地往下跑回打字室，把信謄打好。那是一封拒絕信，我嘗試讓信中的語調更溫和一些，並且減少一點公務式的用語，就像當初我修改給兄弟們的信那樣，但這樣做在這裡是不被允許的。我必須把信重新打一遍，並且被要求按照速寫本的記錄打字。在打字室裡有約二十個年輕女孩，看起來就像在學校的教室那樣。桌子排成長長的三排，每一張桌子坐著一個女孩。主管就像老師那樣在最前頭面對著我們坐，如果我們太吵了，她便會嚴厲地「噓」我們。其他女孩們都非常時髦，她們穿著貼身的衣服，高跟鞋，臉上化著濃妝。她們其中一個，有一天幫我化了嘴唇、臉頰和眼睛，而其他人一致認為，我這樣看起來好看多了。她們說，我應該每天都這樣化妝，於是當我們晚上出門的時候，我開始借用妮娜的化妝品。等後來當我把寫下的詩都謄打完畢以後，我就再也無法忍受坐在冰冷的房間裡顫抖得咬牙切齒。於是我繼續和妮娜一起過夜生活，儘管那些夜晚總是一成不變，但這段時間日日夜夜飛逝，恍如在舞台即將開場前那一連串熱場的鼓聲。在I．P．彥森可怕的那些年已經過去，我十八歲了，我擺脫了我的家庭。有天晚上在海德堡，我和一個高個子的金髮年輕人跳舞，他和其他那些年輕人不太一樣，說話的方式也不一樣。他問我是否可以請我吃個三明治。我說，我跟一個朋友一起來。他說，那也沒關係，我們大家一起吃三明治好了。當他自我介紹的時候，妮娜帶著滿意及有點驚訝的態度看著他。他名叫阿爾伯特（Albert），他的穿著比一般年輕男人來得得體。說不定還是個高中畢業生[36]。我們吃著三明治喝著啤酒，我笨拙地使用刀叉，同時觀察別人怎麼使用這些餐具。在家裡，我們把餐點先用刀子切好，然後用叉子慢慢吃。阿爾伯特問我住在哪裡，以及我的工作。他詢問我的薪水，以及我是否能以此維生。這當然也沒有什麼特別，但是其他男人通常除了他們自己以外，從來沒有談過其他事情。我有一種極大的慾望，很想告訴阿爾伯特有關我自己及生活裡的一切。「或許，」我說，「我很快就可以再多賺點錢了。我會寫詩。」我不喜歡提起這件事，尤其不該在這樣一個充滿噪音、笑聲和音樂的地方說這件事。然而，我不認為自己還能忍住不說，而且，我也不知道今天過後是否還會再見到阿爾伯特。「啊，」他訝異地說，「這我倒沒想到。是好詩嗎？」他在旁邊對我微笑，彷彿是暗地裡在取笑我似的。這讓我覺得不太開心，我覺得我的臉紅了。「有一些是不錯。」我說。「妳能不能把其中一首背出來？」他邊吃邊說。「可以，」我說，「但是我不想在這裡唸出來。」「那就寫下來。」他平靜地說，接著遞給我一張餐巾紙。他從口袋裡拿出一枝鉛筆交給我。我該寫下哪一段呢？哪一首詩是最好的呢？我覺得，我寫下什麼，這一點相當重要，我把鉛筆咬了一陣子以後，寫下這幾行：

36 譯注：在作者的年代，許多少年讀完初中就出來工作，所以對很多家庭而言，高中畢業算是大成就。高中畢業考試稱為「student eksamen」，通過高考畢業就是正式的「student」。這個傳統延續至現今的丹麥，高中畢業那天稱為「成了student」，也是值得慶祝的日子。

你的輕聲細語，我從未聽見
你那蒼白的唇，從未對我微笑
然而，你那雙小腳的，踢蹬
我永遠不會忘記

他全神貫注地把這段詩讀了很久，然後問，這首詩寫的是什麼。「一個小孩，」我說，「死胎。」他問我是否曾經生下死去的孩子，我說沒有。「真難以想像啊。」他說，興味盎然地看著我。妮娜跟一個年輕人跳舞去了，當他們跳著舞經過我們的時候，她給我一個挑戰的眼神。她認為我該開始行動了，而我確實在以自己的方式行動。阿爾伯特隨著我的視線望向她。「您的朋友，」他說，「非常漂亮。」「是的。」我說，我想，他大概希望自己選的是妮娜而不是我吧。然而此刻，我對這方面的事一點也不感興趣。「您知道，」我堅定地說，「我可以把這樣一首詩寄去哪裡發表嗎？」「我知道啊，」他說，彷彿我問的是一個極其尋常的問題。「您知不知道一本叫做《野麥子》（*Vild Hvede*）[37]的雜誌？」我並不知道，於是他告訴我，那是一個讓籍籍無名的年輕人可以發表他們的詩作或畫作的地方。雜誌的編輯是個叫維果・F・莫勒爾（Viggo F. Møller）[38]的男人，接著他把名字和地址寫在另一張餐巾紙上。「我前陣子才剛去拜訪他，」他說得如此不經意，然而非常顯而易見的是，他為此而感到相當自豪。「他人很好，而且非常能理解年輕人的藝術。」我小心翼翼地問，他是否也寫詩。而他還是非常不

37 譯注：丹麥文學期刊，一九二〇年創刊時名為《麥粒》（*Hvedekorn*），後改名《丹麥年輕人文學》（*Ung dansk Litteratur*），一九三〇年在維果・F・莫勒爾擔任總編輯時期改名為《野麥子》，主要發表年輕創作者的詩和漫畫創作。

38 譯注：一八八七年～一九五五年，丹麥作家、編輯，曾擔任文學期刊《野麥子》的總編輯。

經意地說，他閒暇時也會寫寫詩，而大部分已經在《野麥子》上發表過了。這些訊息讓我啞口無言。我坐在一個詩人旁邊。這簡直超越了我的夢想。當妮娜回到桌旁的時候，我還是沉默不語。她挑了挑眉，以為阿爾伯特和我完全沒有任何進展。「在海德堡，在一雙眼睛的魔力下，我失去了我的心……」人人站起來唱歌，同時把盛滿了啤酒的酒杯來回遞送。阿爾伯特也站了起來，忽然間流露出不耐煩的樣子。我隨著他的眼光，看見在舞池的另一端，有一個瘦小的女孩，她獨自坐著，看起來有點嚴肅。音樂響起時，阿爾伯特買了單，有點尷尬地對我們兩人鞠了個躬，便向那女孩邀舞去了。

「那是妳自己的錯，」妮娜遺憾地說，「他真英俊啊。」然而我根本不在乎。我得到了我所渴望的世界的一小撮，無論如何，我都不會放手。我把餐巾紙放入手袋裡，神祕地對著我的朋友微笑。「我要回家打字，」我說，「我只希望那巫婆不會醒來。」「妳是從灰燼裡跳到火裡去了，」妮娜認為，「她並沒有比妳母親好多少。」我努力地穿越人群走到衣帽間，穿上我的大衣。我一路走回家，雖然地上結了厚厚一層霜，我卻感到十分幸福。一個名字和一個地址——我極可能得花很多、很多年，才會走到這裡。即便這樣，或許還是不足夠。或許這個男人不要我的詩。或許他還沒收到詩前就死了。或許他根本已經死了。我應該問阿爾伯特這個維果・F・莫勒爾究竟年紀有多大。我把那名字翻來覆去地看了很多遍，心想，這個F代表的是什麼呢？福蘭特斯（Frants）？費德烈（Frederik）？菲恩（Finn）？如果我的信被郵局弄丟了呢？或許永遠就無法寄去他那裡了？萬一阿爾伯特給了我一個錯誤的名字，並且讓我相信了一個謊言？有些人覺得這種事很有趣。然而——在我內心深處，我相信這一次會成功的。時間已經是深夜兩點了，我躡手躡腳地走進我房裡。我把沙發上的毯子反覆摺疊，然後把毯子墊在打字機下以壓低打字機發出的聲音，接著我選了三首詩，附上一封簡短、正式的信，希望他不會以為這件事對我來說不重要。「維果・F・莫勒爾編輯先生，」我這樣寫，「隨函附上詩三首，希望您能將它們發表在貴刊《野麥子》上。您真誠的T. D.敬上。」我帶著信跑到最近的郵筒，看清楚郵筒上的說明以及收件時間。我想預估編輯大約何時會收到，以及可能何時回覆。回到家，我設好了鬧鐘以後，上床睡覺。我把所有的衣物都疊在棉被上，儘管如此，我還是在寒冷中躺著顫抖了好一陣子，才終於睡著。

17

每天傍晚，我匆匆地從辦公室趕回家問蘇爾太太，有沒有我的信。沒有，蘇爾太太非常好奇。她問我，是不是家裡有人生病了。她問我，是不是在等什麼人匯款給我，並且提醒我還積欠她五克朗的椅子賠償費。她偶爾也問我，肚子餓不餓，但是我從來都不覺得餓，雖然我很少吃晚餐。我有的時候跟妮娜一起在《貝林時報》報社的食堂用餐。那裡的餐點非常便宜，但是只限員工。我的房東也說，我越來越瘦了，如果我是她的女兒，她一定會把我養胖。當我聞到她煮的晚餐飄散出的香味時，我便會覺得餓，但是為時已晚。我平日在回家以前，會在奧斯特布羅車站（Østerport）喝一杯咖啡，另外配一塊酥皮麵包。但那實在是太奢侈了，我其實無法負擔，因為我的預算非常緊。所有在打字室的女孩們都一樣，儘管她們之間很多還是跟父母同住。月底她們經常互相借錢，如果我手頭寬裕，她們也會跟我借的。如果被拒絕，她們也不會難過。對她們來說，貧困並不是一件抑鬱或悲傷的事，因為她們每個人都對未來有各自的期許，她們都在夢想一個更好的人生。我亦然。貧窮只是暫時的、可以忍受的。貧窮並不是一個真正的難題。妮娜可以向她的母親借錢，而且她也有「灌木叢」。妮娜的母親是一個肥胖的善良女人，任何事都不會往心裡去。她以幫人家打掃清潔維生，和一個男人同居，生下了妮娜同母異父的弟弟，他今年十二、三歲左右。你可以明顯地感覺到，妮娜並不是在這個家庭裡長大的，她只是一個訪客。在哥本哈根，她也僅僅是一個訪客，而我難以理解，她真的想要住在鄉下。在我等候著那一封信的期間，我晚上都不出門，我坐在寒冷的房間裡聆聽著玄關傳來的聲音。我知道快遞服務的時間和一般郵政服務時間不一樣。其實我沒有任何理由相信我會收到快遞，但是我還是仔細聆聽著門鈴聲。有天晚上蘇爾太太在家裡辦了政治聚會，很多穿著靴子的男人湧入客廳，沒一會兒就響起了可怕的噪音。他們在客廳裡雙腳立正併攏，對著希特勒的照片大喊：希特勒萬歲！也有不少女人來參加聚會。他們的聲音都和蘇爾太太一樣尖銳，如常地，我希望沒有人會注意到我。他們跺著腳唱著霍斯特・威塞爾（Horst Wessel）[39]的歌，牆壁因此而震動。蘇爾太太走進我房裡，雙頰泛紅，頭髮四散。她依舊穿著她的和服，看起來就像是從一間失火的屋子裡跑出來似的。「呼，」她喘

[39] 譯注：一九〇七年～一九三〇年，德國納粹活動家，是納粹黨歌〈旗幟高揚〉（Die Fahne Hoch）的作詞人。

著氣說，「您要不要出來和我們一起為領袖元首乾一杯呢？出來和這些尊貴的男士們打個招呼吧。和我們一起為了偉大的事業而戰鬥吧。」「不，」我害怕地說，「我必須加班完成辦公室裡的工作。」我敲打著打字機，好讓他們真的相信我在工作，同時，我帶著悲傷與不安的心情，想著世界將如何被黑暗覆蓋。可我並沒有忘記把耳朵張大，專心聆聽著玄關的聲音。快遞、電報，你永遠都不知道會發生什麼事。幾天以後，當我開門走進屋裡的時候，蘇爾太太站在玄關，手裡拿著一封信。「嗯，」她說，雙眼閃爍著極大的好奇，「這是您一直在等待的那封信。」我從她手裡搶了過來，想要走回房間，但是她擋在我面前。「打開啊，」她上氣不接下氣地說，「我也和您一樣充滿期待呢。」「不行，」我說，心跳加快，「這是非常私密的信函。我得告訴您，這是一則祕密訊息。」「啊！上帝！」她把手放在胸口上，輕聲地說：「政治相關嗎？」

「是的，」我急迫說，「政治相關。您讓我過去吧。」她看著我，彷彿我是我們這個時代的瑪塔・哈里（Mata Hari）[40]那樣，接著非常佩服我似的退到一旁去。終於，我可以一個人面對我的信了。信太厚了，我感覺膝蓋發軟，非常害怕編輯把我寄去的一切都退還給我。我坐在窗戶旁，看著樓下小小的院子。暮色覆蓋了垃圾桶，對面的屋子裡也逐漸亮起了燈光。我用力把信封撕開，把信取出來閱讀：「親愛的托芙・迪特萊弗森。您的兩首詩，委婉地說，並不算好詩。但是第三首詩〈獻給我死去的孩子〉適用於本刊。維果・F・莫勒爾敬上。」我馬上把那兩首並不算好的詩撕破，然後把信重讀一遍。他將會把我的詩刊登在雜誌上。他是我此生一直在等待

40 譯注：一八七六年～一九一七年，這個名字是荷蘭人瑪格麗莎・赫特雷達・澤萊（Margaretha Geertruida Zelle）的藝名。她是二十世紀初知名交際花，在一戰期間與歐洲多國軍政要人、社會名流都有往來，最終在巴黎以德國間諜罪名被法軍槍斃。

的那一個人。我有其中一期的《野麥子》，是和妮娜借錢去買的。裡面有一首由一個叫胡爾達．呂特肯（Hulda Lütken）[41]的女人寫的詩，我讀了許多遍，因為我無法忘記父親曾經說過，女人是無法成為詩人的。儘管我其實並不相信他，他的話還是在我心裡留下了印記。我必須和什麼人分享我的喜悅。我不想跟家裡說，而妮娜是不會理解這件事對我的意義的。唯一能夠理解的，或許只有艾特文了。他是第一個對我說我的詩很不錯的人，儘管他先取笑了它們。但是沒關係，當時我們也還只是個孩子。我搭乘電車到南港。葛蕾特開門，看到我，她給了我一個驚訝的微笑。「進來吧。」她熱情地說，接著小跑進屋裡，一屁股坐在艾特文的大腿上，這看起來是新婚的她的主要任務。我覺得，在那扶手椅深處的他，看起來是如此脆弱。「嗨，」他高興地說，「妳好嗎？」他得把葛蕾特的頭挪開才能看到我。「親愛的公公和婆婆還好嗎？」葛蕾特在和艾特文的兩個吻之間問道。母親絕對受不了這種嬌嗲的稱呼，但是，葛蕾特對於母親所散發出來的冷漠也毫無所覺。我也不喜歡她，因為我總是以為艾特文會找到一個美麗、引以為傲且非常有天分的妻子，而不是這個拱著身體笑臉迎人的小小家庭主婦。不過，這也沒關係，我的情感並沒有母親那樣強烈熾熱。我告訴艾特文發生了什麼事，並且把信交給他。他請葛蕾特去煮咖啡，然後讀了信。「哇，」他佩服地說，「妳應該得到稿費。他在信裡提也沒提。小心，別讓他給騙了。」我根本完全沒想過這一點。「他賣雜誌賺錢，」艾特文解釋，「所以他當然得付薪水給作者們。」「嗯。」我說。就連艾特文也不明白，這是一個何等的奇蹟，沒有人會明白。「妳聽

41 譯注：一八九六年～一九四六年，丹麥知名作家和詩人。她的首部小說是根據自己的成長經歷寫成，在作品中也對自我有諸多思考，曾有如「也許我是一個擁有男人靈魂的女人？」這樣的提問。

著，」他說，「妳應該打電話給他，問他稿費有多少。」「好。」我說，因為我其實也想打電話給他。我想聽聽他的聲音，而這是一個相當不錯的藉口。葛蕾特把杯盤擺好，同時吱吱喳喳地說著無關緊要的事，艾特文把這件事告訴她。「啊，」她高興地說，「這樣說來，我和一名詩人有親屬關係。我要寫信告訴爸媽這件事。妳要不要吃幾片麵包。」「好的，謝謝。」然後我問，艾特文是不是還在咳嗽。醫生說，只要他繼續接觸油漆，就會持續咳嗽。他會一直咳到轉行為止。醫生也說，他咳嗽的時候聽起來很嚴重，事實上並沒有那麼糟。他不會因此而導致死亡，甚至也不會病重。只是他的肺會變黑，同時感到不舒服。喝咖啡的時候，我仔細看著我的哥哥。他看起來並不快樂，或許婚姻並不是他想像中的那樣。或許他想要的是一個除了談情說愛以及討論晚餐以外，還可以和他聊聊其他事情的妻子。或許每天晚上除了坐在彼此的腿上互相傾訴他們如何愛著對方以外，他其實也想做做其他的事情。至少我覺得，這種人生看起來是多麼無聊。「妳應該需要一件新的洋裝吧？」葛蕾特問。「除了這件A字連身裙以外，我沒看妳穿過其他的衣服。妳該去把頭髮燙了，」葛蕾特說，「就和我一樣。」葛蕾特的頭上盤著許多小捲髮，耳垂上掛著兩個大耳環，當她搖頭的時候，會發出叮叮噹噹的聲響。「妳不覺得有這樣一個英俊的哥哥有點奇怪嗎？」她說，「我覺得，對妳來說肯定有點奇怪。」艾特文對她的談話內容感到厭倦，很快地重新坐回扶手椅上去。當杯子都收掉以後，葛蕾特重新回到了艾特文的大腿上，用她的手指纏繞著他的黑色捲髮。我以為，哥哥和她結婚，是為了避免讓自己每天呆坐在有嚴苛房東的那間租來的房間裡，否則他還有什麼方法能逃離那裡？我也沒有打算在蘇爾太太屋裡住一輩子。青春是暫時的，也是脆弱和不穩定的。青春便是要熬過去，此外，沒有其他的意義。艾特文問我，有沒有把這個消息告訴家裡，我說要先等到詩刊登在雜誌上。這樣我就可以直接把雜誌給他們看，但在那之前，我什麼都不會說。艾特文讀了那首詩，他非常佩服。「但是妳依舊謊話連篇，」他說，聲音裡帶著欽佩，「妳根本沒有生過任何死去的孩子。」他告訴我，托瓦爾特和一個很醜的女孩訂了婚，而這讓我感到有點懊惱。我可以得到他的，但是我不想。即便這樣，我也不希望他和任何其他女生有連繫。臨走前，我跟哥哥借了十厄爾打電話。我必須自己開門出去，因為葛蕾特正綿綿無止盡地在艾特文耳邊輕聲細語說著悄悄話。在英和瓦街（Enghavevej）上的一個電話亭裡，我撥了通電話到查號台，找到了維果・F・莫勒爾的電話號碼，我的心因為興奮，幾乎卡在喉嚨裡。「您好，」我說，「我是托芙・迪特萊弗森。」他帶著疑問地重複問我的名字，然後想起了我是誰。「您的詩將會在大約一個月後刊出，」他說，「那真是一首很不錯的詩。」「我會領到稿費嗎？」我尷尬地問。但是他並沒有生氣。他只是跟我解釋，沒有人得到任何獎賞，因為雜誌是虧本生意，是他自己掏錢出版的。我趕快和他確保說，這其實真的沒有關係，只是我哥哥要我問一下。然後他問我今年幾歲。「十八歲。」我說。「啊，我的天啊，才十八歲。」他說，聲音裡帶著笑意。接著他問我想不想和他見個面，我說好。他約我後天傍晚六點，在新嘉士伯美術館（Glyptotek）的咖啡廳碰面，我們可以一起吃晚餐。我不知所措地謝了他，然後他說了聲再見便掛了電話。我將會見到他。我將會和他談話。他肯定毫無疑問地會想幫助我。克羅赫先生說過，人與人之間總會互相利用的，而這並不是一件壞事。對我來說，非常明確地，我知道他可以幫助我什麼，但是，我又能為他做些什麼呢？隔天晚上，我還是回家了，把事情都跟父母說。母親一個人在家。她非常高興見到我，這讓我感到非常愧疚，因為我真的是太少回家了。自從蘿莎莉亞阿姨去世以後，母親變得非常寂寞。這是一棟「比較高級」的公寓，不會有人四處串門子，於是，母親沒有一個可以陪她一起說說話和一起大笑的朋友。她只有我們，可我們卻在法律和她允許之下，迫不及待地從她身邊搬走。我們一起喝咖啡，我可以感受到，她的想像力發揮得淋漓盡致。「妳知道嗎，」她說，「那個編輯——他肯定是想娶妳。」我大笑說，她除了想方設法想把我嫁出去以外，沒有再考慮其他的事。我笑，然而當我回到自己的房間，躺在床上時，我不禁想，不知道他是否結了婚。如果他還沒結婚，我並不排斥嫁給他。即便根本還未相見。

18

他穿著綠色的西裝，打了條綠色的領帶。他有一頭濃密的灰色捲髮，手指頻頻搓轉嘴上灰色的八字鬍尾端。他穿著過時的翼尖領襯衫，雙下巴稍稍地掛在領口上。他的眼睛是一種明亮的藍色，像孩子們的眼睛，而他的臉色也如小孩般白裡透紅。他的雙手小而精緻，關節上有小小的凹窪，舞動的手臂在空中揚起，彷彿能包容一切。他散發出一種溫暖和友善的氣息，在他的陪伴下，我很快就忘了我的羞澀感。外貌上，他不像克羅赫先生，然而他還是讓我想起他。他專心地看著菜單，過了許久才選了一個餐點，而儘管我不知道他點了什麼，我還是選了跟他一樣的餐點。他說，他對食物很感興趣，這一點從他身上絕對看得出來。我禮貌地說，並不會啊。我對他承認說，我很少留意自己吃了什麼，而他笑著說，這一點也可以從我身上看得出來。我實在是太瘦了，他說。我們喝紅酒配餐，我忍不住皺了臉，因為紅酒太酸了。他說，那是因為我太年輕。隨著年紀的增長，我會學會愛上紅酒的。他請我自我介紹，問我是如何找上他的。我很緊張，但是心情也很好，我極想把所有想說的話都一併說出來。我也提到了阿爾伯特，他聳了聳肩，彷彿他並不是太特別。「年輕人真的很難預測，」他捻著髭鬚說，「有些人你以為很有才華，實際上也只是一般。有些人你以為不怎麼樣，卻發現其實對方很不錯。」我問，他是否覺得我還可以，他說，你永遠都沒有辦法知道。他說那些拿著自己寫的詩說「我只花了十分鐘就寫好了」的年輕人，通常都是資質平庸。如果他們這樣說，他就知道，他們其實並沒有多大的能耐。「然後呢？」我問。「然後我就會勸他們去當電車車掌，或者明智地去選擇一些其他的工作。」他說，並用餐巾紙抹了抹嘴。我很慶幸我沒有告訴他，我花了多少時間寫好〈獻給我死去的孩子〉那首詩。事實上，我自己也不知道。我覺得這個編輯是一個了不起的人，我也覺得，他很好看。或許其他人並不會認為他好看，妮娜肯定會覺得他又老又胖，但是我並不在乎。他把菜單遞給我，說我應該點個甜點，我點了冰淇淋，因為其他的看起來都太複雜了。編輯點了水果配鮮奶油。「我嗜甜，」他說，「因為我不抽菸。」侍者對他非常恭敬，一直稱他為「編輯先生」。他稱呼我「年輕的小姐」。「我可以為年輕的小姐斟酒嗎？」我勇敢地喝著酸紅酒，身體變得溫暖，因此而感到非常舒服。外面夜幕漸垂，南大街上微風輕輕吹過了樹梢。樹上的花苞已經開始綻放了，蒂沃利花園[42]也快開門了。維果・F・莫勒爾告訴

42 編注：蒂沃利花園有規定的開放時間。冬日會關閉數月進行維修，春天再次重新開放。對哥本哈根人來說，蒂沃利花園重新開放和春天到來是同樣的意思。作者此處即指春天即將到來之意。

我，他愛城裡的春日與夏日。樹木和花都綻放了，而年輕的女孩們也如石板路縫隙間的鮮花般綻放。克羅赫先生也說過類似的話，而他未婚。結了婚的男人大抵不會有這樣的感知。我終於鼓起勇氣問他，他是否結了婚，他輕聲地笑著說，他未婚。「沒有人，」他說，帶點抱歉地揮了揮手說，「從來沒有人對我感興趣。」「我曾經訂過一次婚，」我說，「但是他跟我分手了。」「現在呢？」他問，「您現在沒有婚約嗎？」「沒有，」我說，「我在等著那一個對的人出現。」我嘗試看著他眼睛深處，但是他並不明白我這樣做的意義。我也養成了一個壞習慣，彷彿凡事都得快速進行，我幾乎在期待著，他當下就會跟我求婚。你永遠不知道，明天某個人會在哪裡。他或許會收到另一個寫詩的年輕女孩的信，比如胡爾達・呂特肯，然後和她約會，並且完完全全地把我遺忘了。他肯定是那種可以得到任何他想要的女人的男人。帶著冒了頭的醋意，我問他胡爾達・呂特肯是怎樣的一個人，提起她，他大聲地笑了起來。「她不會喜歡您的，」他說，「她非常嫉妒其他的女詩人，尤其是那些比她更年輕的。她的脾氣喜怒無常，足以達到十分。偶爾她會打電話給我說：『莫勒爾，我是不是一個天才？』『是的是的，』我會說，『妳是的，胡爾達。』於是她便會滿足一段時期。」接著他問我願不願意參加下個月的《野麥子》聚餐。那是一個饗宴，他們會在當晚選出「最佳麥子」（Overhvede）和「最佳香料麵包」（Overkrydder），指的是在一年來為雜誌供稿最多的詩人和漫畫家。我問他，我該穿什麼衣服，他說長洋裝。當他聽我說沒有恰當的衣服，便說我可以向一名女性朋友借。我想起妮娜在星辰客棧舞會穿的那一件露背連身裙。我說，我願意出席這個盛會。我們用非常薄的杯子喝咖啡，編輯先生看了看他的手錶，彷彿在說該是時候道別了。我很想再坐一會兒。外面等著我的是辦公室的緊急任務、那些跳舞的夜生活、送我回家的年輕人以及我在納粹房東太太家裡的冰冷房間。在這個人生裡，我唯一的慰藉是那幾首詩，完全不足以結集成冊。我也不知道，要如何才能出版一本詩集。付了帳單以後，莫勒爾先生忽然把手放在我擱在彩色桌巾的手上。「您的手非常漂亮，」他說，「又修長又纖細。」他拍了我的手兩下，彷彿知道，我因為我們即將道別而感到難過，也彷彿在跟我保證，他不會立即就從我的生命裡消失。我感覺到，我就快哭了，但是我不明白自己為什麼想哭。我很想把手環繞在他的脖子上，感覺好像在走了長長的路以後，疲憊不堪的我終於找到了家。那是一種瘋狂的感受，我眨眨眼，以掩飾開始泛淚的眼睛。在外面，我們站了一會兒，看著往來的車輛。他比我矮，這讓我有點驚訝，因為當他坐下的時候，我看不出來這一點。「好吧，」他說，「我們大概不同路吧。您可以找天來拜訪我，您有我的地址。」他把他那綠色的寬邊帽在空中揚起了一個優雅的弧度，戴在頭上，快步沿著大道離去。

我站著，看著他漸走漸遠，直到再也看不到他為止。我總是覺得，我得和所有的男人道別，然後站著凝視他們的背影，聽著他們在黑暗中消失的腳步聲。而他們，很少會轉身向我揮手。

19

我被調去了國家穀物局（Statens Kornkontor），就在原本辦公室同一條路的另一端，我比較喜歡新的辦公室。這裡只有我和另一個女生。我負責總機，同時替辦公室主管顏穆（Hjelm）先生寫信。他是一個高高瘦瘦的男人，有張又長又臭的臉，臉上從來沒有顯現一絲類似微笑的表情。每當進行聽打工作時，他總是在停頓的時候盯著我看，彷彿懷疑我腦子裡除了穀物以外還在想著別的事情。另外那個女生名叫凱特（Kate）。她很愛笑，也很孩子氣，當辦公室只有我們的時候，我們一起度過很多快樂的時光。我等待著我的詩被刊登在雜誌裡，而在那之前，我不會去拜訪維果・F・莫勒爾。不久我就要放暑假了，這對我來說一直是個困擾。妮娜希望我們可以加入丹麥青年旅社協會，到鄉下去徒步旅行，然後寄宿在青年旅社。但是我不喜歡一大群人的聚會，我也一點興致都沒有。如果我的詩能付諸刊印，或許我就可以在假期時去拜訪編輯。等待的時候，我還是看著外面的孩子們和戀人們，他們因為熱浪而離家到戶外活動。我也看著街上的狗和牠們的主人。有些狗被繫在短短的皮帶上，牠們停下來的時候，主人會很不耐煩地拉拉皮帶。有些狗的皮帶很長，當牠們被什麼有趣的味道吸引而停下腳步時，主人會耐心地等候牠們。我想要這樣的一個主人。我想要在這樣的一個人生裡好好生活。街上也有一些流浪狗，牠們充滿困惑地在人們的雙腿之間亂跑，似乎並不享受牠們的自由。我覺得自己就像這樣的一隻流浪狗，邋遢、困惑與孤獨。我不再像之前那樣經常在夜晚外出，妮娜說我變得非常無趣。目前的氣候不再寒冷，於是我大部分的時間都留在自己的房間裡。我把寫下的詩一而再再而三地重讀，有時我也寫新的詩。那兩首被評為「委婉地說並不算好」的詩，老早就被我從作品中刪去。我覺得它們真的是糟透了，但是如果編輯說它們是好詩，我還是會相信的。偶爾我會回家看看。父親又失業了，而他和母親之間存在著一股冷淡的氛圍。他如常地躺在沙發上睡覺或打瞌睡，母親則坐著打毛線，臉上掛著不認可的表情。她覺得我應該去拜訪編輯，因為她越來越堅信他想要娶我。「肥胖的人，」她說，「都是快樂且心地善良的。那些脾氣不好的都是瘦子。」她問我，他今年幾歲，我說，他大約是五十歲左右。她也覺得這不是一個問題，因為這個年紀，他已經玩夠了，會是一個忠實的丈夫。她說，我很快就能把工作辭了，他會好好地養我。我什麼也沒說，因為這些都必須等。「我們要舉辦婚禮。」她說，而我卻想，對於這樣一個岳母，我的編輯會有什麼想法呢。我頗為確定，他的年紀比她還大，但是她並不在意這一點。我現在通常很快就會離開，因為母親開始對我有要求了。父親說，這件事可以慢慢來，我應該自己決定想嫁給誰。「你，」母親說，「總是不在乎，但是你自己看看艾特文的情況。這就是你漠不關心的後果。」接下來他們之間的爭執就與我無關了，我可以放心地離開。有一天，我從父母家回到我的房間，我發現一封蘇爾太太給我的退租通知書。「據我所知，您參加了陰謀活動，我不再願意和您同住一屋簷下。」我想起我收到的那封「政治相關」的信件，以及我不願意參加她的納粹主義活動。於是我在阿瑪島，離編輯家裡不遠的地址，找到了另一間房間，我帶著我的行李箱和鬧鐘搬了進去。那裡住著一個家庭，孩子們都長大了。房東的女兒結了婚，我租的是她的房間。這裡比之前的房間更整潔也更寬大，而租金只多了十克朗。房間裡還有一個壁爐。我馬上撥了電話給維果．F．莫勒爾，告訴他新的地址，而他告訴我，正好，雜誌已經出版了，他剛準備要寄給我。他把這說得很日常，彷彿我已經發表過很多詩了，而這不過是其中的一首而已。他以一種友善而平淡的語氣說著這件事，好像刊登我的作品的雜誌和書籍已經在全世界廣為流通，所以如果這本刊登了一首詩的雜誌寄丟了也不過是小事一樁似的。然而他也已經習慣了和類似胡爾達．呂特肯這類的人物來往，和這些人以名字和「你」互相稱呼。每一次我想到她，我心裡便會感受到一絲被針刺痛似的醋意。不知道維果．F．莫勒爾是否會和其他人提起有關我的趣事？他會說：「托芙那天才打電話給我告訴我這個那個。哈哈。」然後捻著他的鬍鬚微笑。隔天，郵差送來了兩本《野麥子》，我的詩就刊登在裡面。我把詩反覆讀了好幾遍，有種奇怪的感覺從胃裡升起。它看起來跟打字的和手寫的版本都不一樣。我無法再把它更改了，它也不僅僅再是我的了。它刊登在上百本或上千本的雜誌裡，陌生人將會閱讀它，或許他們會覺得它是一首不錯的詩。它散布到全國各地，而我走在街上遇見的人們當中，或許就有已經讀過它的人。他們或許在懷中或袋子裡就揣著一本雜誌。如果我搭乘電車，或許我對面就坐著一個人在閱讀這本雜誌。我感到有點興奮激動，而居然沒有一個人能與我分享這種美好的感覺。我衝回家把雜誌給父母看。「我覺得很不錯，」母親說，「但是妳得有個筆名。妳這個名字不好。妳該用我的姓。托芙．文杜斯（Tove Mundus），這聽起來更好。」「名字沒問題，」父親說，「但是詩太現代了。韻腳不太對勁。妳可以從約翰納斯．約恩森（Johannes Jørgensen）[43]那裡學得更多。」對於父親的批評，我並沒有放在心上，他總是想保護我們，不讓我們過於失望。在他的經驗裡，我們應該不要

43 編注：一八六六年～一九五六年，丹麥作家，曾經五次獲得諾貝爾文學獎提名。

對生活抱著太大的期待，這樣才不會失望。儘管如此，他還是問我是不是可以讓他保留這本雜誌，他小心翼翼地捧著雜誌，就像他小心翼翼地對待他的每一本書那樣。回家的路上，我走進一間書店，詢問是否有最新一期的《野麥子》。他們沒有，但是可以幫我訂。「我們並沒有零售這本雜誌，」他向我解釋，「多數都是長期訂閱的。」「那太遺憾了，」我說，「我聽說裡面有一首很好的詩。」他寫下了我的名字，說我可以在幾天後來領取。「那只是一本小雜誌，」他多話地向我解釋，「大概只印刷五百本左右，不知道他們如何生存。」我帶著點受辱的感覺離開了書店。然而我已經不是同一個人了。我的名字被印刷了。我不再是個無名小卒了。我很快地就會去拜訪我的編輯，儘管他並沒有在電話裡再度邀請我。他當然有更多比和年輕詩人聊天更重要的事得處理。雜誌出版後約一星期左右，我被顏穆先生叫到他的辦公室裡。他的長臉看起來比平常更生氣，而他前面的桌子上放著《野麥子》，翻開的正是印刷著我的詩作那一頁。我的腦海裡閃過他將會稱讚我的想法。「我買了這本雜誌，」他說，「因為我以為，它是關於穀物的雜誌。而我看到了——」他用他的尺拍了拍我的詩，「——顯然，您除了國家穀物局以外，還有其他的興趣。我很抱歉，但是我們無法再繼續雇用您。」他用他的魚眼盯著我看，我不知道該說些什麼。我很難過，因為我喜歡在這裡工作，但是整件事情實在太滑稽了，我知道如果我告訴凱特和妮娜，她們肯定會大笑。「好吧，」我說，「這樣我也沒辦法。」我拖著腳步走出辦公室，把我被辭退的事告訴凱特。她大笑，因為顏穆先生居然以為《野麥子》是一本農業雜誌，我也跟著笑，但是我始終還是個被辭退，並且目前不得不排除萬難再找一份工作的女孩。凱特認為我應該加入工會，讓他們來幫我找工作，我覺得這是一個不錯的建議。那個晚上我打電話給維果・F・莫勒爾，他說，他會很高興在隔天晚上見到我。於是我被趕出辦公室這件事，彷彿也就無關緊要了。或許編輯能夠找到一個比凱特的建議更好的解決辦法。因為我現在有很多開銷，我不能允許自己失業。

20

「您想不想，」維果・F・莫勒爾說，「出版一本詩集呢？」

他把這件事說得彷彿一點都沒有特別之處。彷彿出版一本詩集這件事，對我來說不過是日常的一部分，彷彿這不是我有記憶以來，最夢寐以求的一件事。而我，以一種單薄、平常的聲調說，我確實想。我只是從來沒有想過。既然他提起了，我覺得那應該是件好玩的事。我不希望他察覺到，我的心是如此快樂卻也緊張地跳動著。我的心，恍如在戀愛中似的跳動，而我仔細地看著眼前這個男人，這個將我心裡的快樂召喚出來的男人。他坐在桌子的另一端，桌上鋪著深綠色的桌巾。我們用綠色的杯子喝茶。窗簾是綠色的，花瓶和罐子是綠色的，編輯和上次一樣穿著綠色西裝。書架幾乎要碰到天花板了，牆壁幾乎被油畫和漫畫掩蓋。這一切讓我想起克羅赫先生的客廳，但是維果・F・莫勒爾並不像克羅赫先生。他並沒有那麼神祕，我可以詢問他一切我想知道的事。夕陽西下，客廳裡被一股柔和的暮色籠罩，有一種親密的氛圍。我協助我的新朋友把杯子端去廚房，然後他問我，想不想喝一杯葡萄酒。我道謝說好，他把酒倒入綠色的酒杯裡，舉起酒杯說：「乾杯。」我接著問他，要如何出版一本詩集，他回答，妳可以把作品寄給一家出版社。如果他們喜歡那些詩，他們便會處理一切事宜。其實就這樣簡單。我能把所有的詩給他看，他會決定這些詩是否足夠，以及是不是好詩。我不喜歡這個葡萄酒，但是我喜歡它帶來的效應。我非常專注於編輯柔軟且圓融的手臂動作，他的銀灰色頭髮，以及他的聲音，如何舒緩且溫和地包覆著我的心。我已經喜歡上他了，但是我並不知道他對我有什麼感覺。他沒有碰觸我，也沒有企圖親吻我。或許他覺得我對他來說太年輕了。我問他為什麼還沒結婚，他嚴肅地說，沒有人要他。這有點悲傷，但是他覺得現在一切都太遲了。他說這些話的時候，眼裡帶著笑意，我皺著眉頭，因為他並沒有認真地對待我的問題。我告訴他，關於我的人生、我的父母、艾特文，以及我因為在《野麥子》發表詩而丟了工作的事。這件事讓他感到非常好笑，他還說，如果他把這件事告訴他的朋友，他們肯定也會覺得很好笑。他的朋友都是一些名流，他們當中有人問他，那個寫了一首關於她死去孩子的可憐少女是誰。所以不僅僅是我的家人會以為我所寫的一切都是事實。「哎，」他拍了拍額頭說，「我差點忘了。您讀了瓦爾德馬·柯佩爾（Valdemar Koppel）[44]前幾天在《政

44 譯注：一八六七年～一九四九年，記者、編輯，曾任《政治報》總編輯。

治報》上對雜誌的評論了嗎？他對您的那首詩非常讚賞。」他把剪報找了出來給我。上面寫著：「一首簡單的詩，〈獻給我死去的孩子〉，作者是托芙．迪特萊弗森，足以證明這本小小雜誌的存在價值。」「啊，」我受寵若驚地說，「我不知如何形容有多麼快樂。我可以保留這份剪報嗎？」他把剪報給了我，並在綠色的杯子裡斟滿了酒。然後他說：「對年輕人來說，第一次看到自己的名字被印刷出來時，會留下深刻的印記。」「我非常高興認識了您，」我說，「和您在一起的時候，彷彿就不會發生不幸的事情。當我在這裡的時候，我不認為會發生世界大戰。」維果．F．莫勒爾忽然看起來很嚴肅。「這一切都顯得十分絕望，」他說，「我基本上能為您做點什麼事情，我的朋友，但是緩解世界大戰，我無法做到。」是酒精讓我說了這類話。每一個大人，只要想起世界局勢，他們都會遠離我。比起世界局勢，我和我的詩都只是碎片，只要一陣微風就可以把它們吹走。「是不能，」我說，「但是您不會突然死去，您的屋子也不會被拆掉。」我告訴他有關編輯布羅赫曼和克羅赫先生。他認識編輯布羅赫曼，但並不認識克羅赫先生。「對，」他嚴肅地說，「這一點我確實可以向您保證。我們要不要以『你』相稱？」我們舉杯定案，他開了有著綠色燈罩的燈。「妳應該叫我維果．F，」他說，「人人都叫我維果．F或莫勒爾，除了我的家人，沒有人叫我維果。」他告訴我，他父母雙亡，但是他有一個哥哥和一個姐姐，他們不太來往。「家人，」他說，「永遠都不會理解藝術家，所以他們只能互相依賴。」他問我要不要坐到他身旁，於是我移到沙發上。我和他靠得很近，我們的腿互相碰觸，然而這彷彿並沒有給他留下深刻印象。或許我不夠漂亮，或許我年紀太小了。他告訴我，他今年五十三歲，我禮貌地說，根本看不出來。其實也真的看不出來，除了，他很胖。他白裡透紅的皮膚上沒有一點皺紋。我覺得我的父親看起來比他老很多。然而實際上我根本不在乎任何人的年齡。維果．F的父親是銀行總裁，他的哥哥也是。他自己在一家火災保險公司上班，他並不喜歡這份工作，但是他必須維持生計。他也有出過書，我感到丟臉，因為我居然沒有閱讀過他的書。我甚至不曾在圖書館裡看過他的名字。我的無知讓我感到厭煩，我告訴我的朋友，我應該上高中的，但是我不被允許。我們沒有錢。他輕柔地把手環繞著我的腰間，一股熱氣穿透了我。這是愛情嗎？我長期以來都在尋找這個人，我已經很累很累了，此刻，我鬆了一口氣，有一種想哭的衝動，我已經那麼靠近終點了啊。我是那麼地疲憊不堪，我無法回應他那溫柔且小心翼翼的撫摸，我只能被動地坐著，讓他撫摸我的頭髮，拍拍我的臉頰。「妳像個孩子似的，」他溫柔地說，「一個無法應付成人世界的孩子。」「我曾經認識一個人，」我說，「他說，世上的每一個人都互相利用。我想利用你為我出版詩集。」「嗯，」他說，繼續撫摸著我，「但是我並沒有妳想像中那樣有影響力。如果出版社不願意出版妳的詩集，我也無能為力。但是我們先看看妳的詩吧。至少，我可以給妳建議和支持。」我去上廁所的時候，看到維果．F有淋浴設備，這讓我難以抗拒。我問他，我是否可以洗個澡，他笑著說可以。我偶爾會去利爾斯科夫街上的公共澡堂洗澡，但是那是需要付費的，因此我並不經常洗澡。此刻我快樂地站在蓮蓬頭下扭轉身軀，心裡想著，如果我們真的結婚了，我每天都要沐浴。當我從浴室走出來的時候，維果．F說：「妳的腿真好看。把裙子往上拉拉，這樣我才能好好欣賞。」「不，」我面紅耳赤地說，因為我的長統襪上有個破洞。「不，我只有小腿好看。」時間想必已經是午夜十二點了，我得回到我那間貧窮的房間裡。維果．F說他要付錢叫一輛計程車送我回去，但是我拒絕了，我說我可以走一小段路回家。我接著說：

「再說我也完全沒有概念要給運將多少小費。」「記得，說『司機』，不要說『運將』，那太本土了[45]。」他的批評刺傷了我，於是我對我的成長過程、我的無知、我的遣詞用字、我的缺乏教育和文化，我不知道的詞語——對這一切都感到憤怒。說再見時，他吻了我的唇，我穿越溫暖的夏夜，回想他說過的話和所有舉動。我不再孤單了。

21

我和那麼多名流在一起。我和他們見面，和他們說話，我坐在他們旁邊，我和他們一起跳舞。從我走入禮堂的那一刻開始，我就在一個有別於日常的空間裡移動。我走入耀眼的光裡，把名流們的光芒如鏡子般反射回去。我反映了他們的形象，而他們喜歡他們所看到的。他們臉上帶著讚賞的微笑，對我說了許多讚揚的話。他們甚至稱讚了我的連身裙，雖然那是妮娜的衣服，而且穿在我身

45 譯注：丹麥文的司機，托芙發音成「sjaføren」，被維果・F批評過於「哥本哈根」，提醒她正確的發音應該是「sjoføren」。

上也有點太大了。但是它遮掩了我那雙殘舊到應該要換新的舊鞋子。那些名流們絡繹不絕地圍繞著維果．F綠色的身影，而他卻如在微風掠過的池塘裡的浮萍那樣，忽隱忽現。他的身影在我眼前如浪潮般飄盪，我時時刻刻都在尋找，因為他是我在這一群名流逸士之間的保護罩和安全感。他自豪地把我介紹給他們，彷彿我是他的發明。「我最年輕的作者。」他這樣對報刊攝影記者說，同時微笑捻著鬍子。我和他以及一些名人合照，照片刊登在隔天的《晚報》（*Aftenbladet*）[46]上。照片拍得並不怎麼樣，但是維果．F說，對媒體表示友善是很重要的事。我確實非常友善。一整個晚上我對所有跟我打招呼的名流逸士微笑，到最後我的臉頰因此而痠痛。我的腳也因為跳了一整個晚上的舞而疼痛，當我終於走到戶外時，我只感覺到這一切都像是夢那般不真切。我根本不記得，誰被封為「最佳麥子」和「最佳香料麵包」。但是有一個跟我跳舞的年輕人告訴我，到最後，每個人都有機會得到這兩個獎項。有朝一日，我也會成為「最佳麥子」，只要我在雜誌上發表足夠的詩，是不是好詩甚至都不太重要。那位年輕人問我願不願意陪他看場電影，我冷漠地拒絕了他。對於未來，我有完全不同的計畫。我透過工會找到了臨時代班的工作，現在我一天可以賺十克朗。我手上從來沒有像現在這樣有那麼多錢。我把牙醫的費用付清，買了一套有長外套的淺灰色套裝，因為棕色那套已經退流行了。我晚上幾乎不再和妮娜出門了，因為對於尋找一個或許願意和我結婚的男人這件事，我已經沒有興趣了。維果．F在讀過我所有的詩以後，幫我選出了其中最好的，我把它們寄到了金谷出版社（Gyldendals Forlag）[47]，

46 譯注：一八八七至一九五九年發行，一九五九至一九六一年易名為《星期天晚報》。該報在無政治立場和傾左、激進左派間來回擺盪，一九一九年開始無政治立場。

47 譯注：一七七〇年成立，是丹麥規模最大、歷史最悠久的出版社。

此刻我只能等待回音。「如果他們不願意出版，」維果・F說，「妳就繼續寄去下一家出版社。出版社倒是不少。」可是我幾乎確定他們願意出版這些詩，因為維果・F說它們都很不錯。他認識這家出版社的社長，是一名女士，她的名字叫英娥保・安德森（Ingeborg Andersen），她經常穿著男裝。「但是這並不是由她來決定的，」維果・F說，「決定權在顧問們手上。」他們是保羅・拉庫爾（Paul la Cour）和奧絲・漢生（Aase Hansen），而我不認識他們。我不認識任何一個知名人士，因為我幾乎不閱讀報紙，而且我多半只閱讀已故作家的作品。在這之前，我並不知道自己是如此的愚蠢與無知。維果・F說，他願意在教育上給我一些幫助，於是借給我一本卡萊爾（Carlyle）[48]寫的《法國大革命》（*The French Revolution*）。我覺得非常有趣，但是我更傾向於從近代開始學習。

有天晚上，當我拜訪維果・F的時候，門鈴響起，玄關傳來一個低沉的女人聲音。維果．F帶著一個嬌小豐滿、耀眼且膚色黝黑的女人進來，她握著我的手，彷彿想把我的手從我的身體撕下來似的，她說：「胡爾達．呂特肯。嗯，原來您長這樣。您最近相當引人矚目，幾乎就要到達令人無法忍受的地步了。」然後她坐下來，不斷地只對著維果．F說話，而他最後請我先回去，說他有些事想和胡爾達商量。他後來跟我解釋之前曾經給我的暗示：胡爾達．呂特肯無法忍受其他的女詩人。等待金谷出版社回覆的期間，我偶爾回家探訪父母。父親說，如果我真能出版一本詩集，那會是一件有趣的事，但是沒有人可以靠寫詩維生。「她也不必，」母親挑釁地說，「那個維果．F．莫勒爾應該養得起她。」我告訴他們，他家

48 譯注：一七九五年～一八八一年，全名托馬斯．卡萊爾（Thomas Carlyle），蘇格蘭評論家、諷刺作家、歷史學家。

裡有淋浴間，於是在母親的想像裡，她也站在維果・F的蓮蓬頭下了。我告訴他們在綠色玻璃杯裡的葡萄酒，於是母親想像自己也喝著這樣的一杯酒。他們把在《晚報》的照片剪了下來，放進了水手之妻的畫框裡。「這張照片很不錯，」母親說，「人人都看得出來，妳把牙齒都矯正了。」她自豪地說：「醫生說，我有高血壓。我也有動脈硬化，肝也有問題。」她換了一個醫生，因為之前的那個醫生很不專業。無論你說哪裡不舒服，他都會跟你說他自己也有一樣的問題。新的醫生對於母親的任何疑問都給予認可，於是她非常勤快地去找他看診。自從蘿莎莉亞阿姨病逝，艾特文和我也離家以後，母親開始關注起自己的健康狀況，儘管她之前完全沒有想過這方面的事。她正處在更年期，醫生這樣說，她身邊的人應該遷就她。她是這樣告訴父親的，於是父親再也不敢躺在沙發上了，她之前也常常唸他這件事。他坐著閱讀，有時手裡拿著一本書就這樣睡著了。我很少在家裡逗留太久，因為母親總是告訴我來自她內臟的各種危險症狀，這讓我感到厭倦。但是我很同情她，因為在這個世界上，她擁有的並不多，而那些她曾經擁有的，她卻一再地失去。有一天，當我下班回到家，我房間的桌上擱著一個黃色的大信封。我的膝蓋因為失望而變得無力，因為我知道信封裡面是什麼。我把信封拆開。他們把我的書退了回來，附上簡短的幾句道歉，寫著他們一年只出版五本詩集，而今年的額度已經滿了。我把信帶到維果・F家裡。「嗯，」他說，「這也是預期中的事。我們試試看雷澤爾（Reitzels）出版社。妳不要讓自己被這種事擊敗。相信妳自己，否則妳將無法讓他人相信妳。」我們把詩寄到雷澤爾出版社，一個月以後也被退回來了。我覺得，事情開始變得有點刺激了，因為我知道，這些都是好詩。維果・F說，幾乎所有近代的名詩人都經歷過這一切，是的，如果一切都太順利，反而才有問題。最後，這些詩到所有的出版社裡轉了一圈，這實在讓人難以振作起來。維果・F說，這是錢的問題。出版社幾乎很難從詩集賺到任何錢，因此他們都不太願意出版詩集。但是《野麥子》有一個五百克朗的基金，專門提供給和我有類似經驗的人。他願意把這筆錢交給一家出版社，合作出版我的詩集。他會和一個朋友，拉斯穆斯・納維爾（Rasmus Naver），提提這件事。納維爾先生同意由他的出版社出版這本詩集，我感到非常快樂。他到維果・F家裡去討論這件事。他是一個友善、滿頭白髮的男士，操著芬島（Fyn）口音，而我時時對他保持著親切的微笑，以確保我的存在不會讓他放棄這個想法。他說，阿爾訥・翁爾曼（Arne Ungermann）[49]應該會願意免費幫詩集畫封面，而他喜歡書名《少女心》（*Pigesind*）。最終總算成功了，而我不知道該如何對維果・F表示我的感謝。我親吻他，撥亂了他那一頭捲髮，然而他近來顯得非常心不在焉。彷彿他確實也想從我身上獲得什麼，但是此時此刻他還有什麼更重要的事需要他操心。有天晚上，他和我說起德國集中營的事，他說整個歐洲很快就會成為一個大集中營了。他給我看一本雜誌，裡面有一篇他寫的關於反納粹的文章，他說，如果有一天德國人真的來到丹麥，對他來說將會是一件危險的事。我想起我十月即將出版的詩集，有一種奇怪的預感，覺得如果世界大戰真的開打，詩集將永遠都無法出版了。「如果他們入侵波蘭，」維果．F說，「英國人絕對不會忍受。」我說，他們已經忍受了許多。我告訴他在蘇爾太太家裡租房那段時間的事，我說，每個星期六我都能透過牆壁傳來的聲音聽見希特勒的演說，星期天他便去攻擊一個無辜的國家。維果．F說，他無法理解，我為什麼不盡早搬離那裡，而我想，他不了解窮困究

49 譯注：一九〇二年～一九八一年，丹麥知名藝術家和插畫家。

竟是怎麼一回事。但是我什麼也沒有說。有天傍晚，阿爾訥・翁爾曼帶著封面圖來給我看。他畫了一個低著頭的裸女，非常美麗。那是一個羞澀的人物，沒有絲毫情色感。他和維果・F嚴肅地談論著世界局勢。現在我幾乎一直待在維果・F家裡，母親認為我倒不如直接搬到他家裡去算了。「究竟什麼時候，」她失去耐性地說，「妳才打算跟他結婚呢？」

22

艾特文離開了他的妻子。現在，他搬回家，就住在印花門簾後我的舊房間裡，而母親非常快樂，儘管他一租到任何房間就會馬上搬離。母親說，她可以理解艾特文為什麼離開葛蕾特，因為她腦子裡只有服裝和胡鬧，沒有任何一個男人可以忍受這種妻子。但是哥哥無法忍受母親如此詆毀葛蕾特。他說一切都是他的錯。他不愛她，她也沒辦法。這也是為什麼，他讓她留下公寓。他也把家具都留給了她，而艾特文會繼續把分期付款都繳清。哥哥在家的這段時間，我也喜歡回家了。我們談起我的詩集，而艾特文無法理解，為什麼我無法靠詩集賺點錢。「那是一件作品，」他說，「可是居然無法得到酬勞，這太不像話了。」我們也聊起艾特文的咳嗽，以及有關母親新發現的一切病痛。我們聊起我在殼牌大廈（Shellhuset）一家律師事務所的工作，在那裡我看盡了人與人之間的許多爭端。而我們也聊了很多關於維果．F的事，以及他為我打開的那一個世界。我得告訴我的家裡有關他公寓裡的一切，他如何擺放家具、公寓有幾房，以及書架上擺了哪一些書。我告訴父親，維果．F自己也寫書，父親說自己應該曾經讀過他其中一本書，但那不是什麼特別的作品。父親也說：「對妳來說，他不是太老了嗎？」母親抗議，說年齡從來就不是什麼問題，她也從來沒有在意過父親比她年長十歲。她說，最重要的是，他養得起我，我可以不必再工作。他們說起這些事，彷彿他已經向我求婚了似的，而當我說不知道他是否願意娶我時，他們根本不當一回事。「毫無疑問啊，」母親說，「他當然會想和妳在一起，否則他何必為妳做那麼多事？」我自己想了想，也有同樣的結論。我有特別之處，我寫詩，但是同時我也是一個極其普通的人。和所有的女人一樣，我也想結婚，想有自己的孩子和家庭。身為一名靠自己維持生計的年輕女性，一切都是如此地痛苦與脆弱。在這條路上，你根本看不到任何希望。我是如此地渴望我能主宰自己的時間，而不是一再地把時間賣掉。母親問我維果．F在火險公司掙多少工資，我回答不知道，她感到很奇怪。「他不過是個穿襯衫的工人。」父親說，完全就是為了要唱反調，他的話引起了母親和艾特文的憤怒反應。「如果我是一個穿襯衫的工人，」艾特文生氣地說，「我就永遠都不會患上這該死的咳嗽。」「他至少也不必承擔時時刻刻都會失業的風險，」母親接著說，「然後在人家正要出門工作的時候，拿一本書躺在這裡礙事。」「妳摸摸看我的脖子，」母親忽然對我說，「這裡，好像有一個腫塊。我得給醫生看看。婚禮上，我們得聘請一位廚娘——他當然習慣了最好的一切。湯品、烤肉和甜點——我記得很清楚，我以前上班的地方那些饗宴是怎樣的。妳要不要找一天帶他回家？」

我不知道我為什麼不這樣做。我的家人是我的，我認識他們也習慣了他們，我不喜歡把他們展示給一個來自上層社會的人看。維果·F其實也問過我，他能不能問候我的父母。他說他希望能看看製造了像我這樣一個奇怪生物的他們。可是我覺得應該等到我們結婚以後再說。父親和艾特文也在談論著迫在眉睫的世界大戰。於是母親開始感到無聊了，而我也失去了好心情。忽然之間這一切成了事實。英國向德國宣戰，而我和上千的路人沉默地站在《政治報》報社前看著電子看板上的新聞跑馬燈。我站在哥哥和父親身邊，而我不知道，這樣一個決定性的時刻，維果·F在哪裡。在我們走回家的路上，我感到胃裡一陣劇痛，彷彿餓了很久似的。我的詩集還能出版嗎？日常生活還會繼續嗎？當整個世界燃燒起來的時候，維果．F還會和我結婚嗎？希特勒的邪惡暗影會籠罩丹麥嗎？我沒有跟他們一起回家，我搭了電車到我的朋友家。在他家裡聚集了一群名流，他看起來並沒有注意到我。他們用綠色的玻璃杯喝酒，非常嚴肅地討論當下的局勢。翁爾曼問我，對他畫的封面有什麼看法，我向他致謝。看來，書還是會出版。還沒真正和維果．F談上話，我便回家了，當晚，我惶惶不安地夢見了世界大戰和《少女心》，彷彿這兩者之間真的存在著一種致命的聯繫。然而僅僅過了一天，便證明了人生還是繼續進行下去，恍若這一切根本沒發生。在辦公室，離婚案件接二連三，產權界址的糾紛、人和人之間的爭執和打鬥案件紛至沓來。憤怒的人們在櫃檯要求和極少在辦公室裡出現的律師見面。我必須聆聽他們提交的特別且重要的案件，而沒有人對昨天爆發的世界大戰有任何反應。我的房東太太告訴我，豬肉每公斤漲了五十厄爾，而妮娜來找我，說她邂逅了一個很不錯的男人，讓她再次考慮和「灌木叢」分手。什麼事都沒有改變，而當我再次到維果·F家裡去時，他的心情又愉快了起來，在一股溫暖的浪潮間散發了平靜和安逸的狀態。「三星期內，」他說，「妳的書就會出版了。不久妳將要進行校對工作，到時妳不要為此感到難過。校對的時候，妳永遠都會覺得，所有的作品都不夠好。這是正常的。」維果·F對一般人絲毫不感興趣。他只喜歡藝術家，也只和藝術家來往。關於我那一切極其普通的特質，我都嘗試隱瞞他，不讓他看見。我隱瞞了他，我非常喜歡那件我剛買的連身裙。我不讓他知道，我使用唇膏和胭紅，以及我喜歡照著鏡子，把脖子半轉過去，只為了看看自己的側面看起來如何。我隱瞞一切會讓他猶豫是否要娶我的事情。關於校對一事，他確實是對的。拿到初稿的時候，我再也不覺得我的詩究竟有多好，而我也找到很多可以再改得更好的用詞和句子。但是我並沒有修改太多，因為維果·F說，印刷費會因此而變得更貴。在書出版前的那些天，只要沒上班，我便待在我的房間裡。我希望書寄到的時候，人就在家裡。有天傍晚，當我回到家時，我的桌子上放著一個大包裹，而我用顫抖的雙手把它打開。我的書！我把書拿在手裡，感到欣喜若狂，這是一種我從來沒有感受過的情緒。托芙．迪特萊弗森。《少女心》。它將無法收回。它將無法撤銷。無論我未來的命運如何，這本書會一直存在。我打開其中一本書，讀了幾行。我看著這些詩的印刷版，一切對我來說，充滿一種奇異的遙遠和陌生感。我打開另一本書，因為我不相信每本書都一樣印著我的詩。但確實是。或許我的書會出現在圖書館。或許一個孩子，偷偷地喜歡詩，有一天她會找到我的書，她會讀著我的詩，並且感受到她的週遭世界不會明白的一些什麼。而這個獨特的孩子並不認識我。她無法相信，我是一個活生生的年輕女孩，我和普通人一樣工作、吃飯和睡覺。當我小時候讀著一本書的時候，也從來沒有想過這些事。我甚至很少記得作者的名字。我的書會出現在圖書館，或許也會被放在書店的櫥窗裡。我的書一共印刷了五百本，而我獲得贈閱十本。四百九十人會買我的書且閱讀它。或許他們的家人也會閱讀，或許他們會把它借閱出去，就如克羅赫先生把他的書借閱出去那樣。我要等到明天再讓維果・F看到書。今晚，我要獨自和它在一起，因為沒有人會真的明白，對我來說，這是什麼樣的一個奇蹟啊。

《童年》 哥本哈根三部曲 1

托芙出身於哥本哈根的工人階級社區，自幼即感到與週遭世界格格不入。她早熟的心思只能被偽裝在童稚的軀體裡，對創作的夢想卻已在心中萌芽。她意識到內心有一種無以名狀的渴望：終有一日，她必須痛苦但無可避免地，離開童年時代的狹窄街道……

《毒藥》 哥本哈根三部曲 3 NEW !

這世上有兩個男人，他們
總是與我擦肩而過
一個是我愛的人
另一個他愛著我
——〈永恆的三〉（De evige tre）

托芙在終曲描述了她進入婚姻之後的生活。她一生經歷四段婚姻，出版詩集及小說等作品後，名氣爭議亦隨之而來。她熱愛寫作，卻也為種種困境陷入掙扎：她想要婚姻、想要愛情、想要家庭、更要創作，最終卻讓自己陷入難以自拔的局面……

——精彩終曲，敬請期待——

國家圖書館出版品預行編目（CIP）資料

青春：哥本哈根三部曲 . 2/ 托芙・迪特萊弗森 (Tove Ditlevsen) 著；吳岫穎譯 . -- 新北市：遠足文化事業股份有限公司潮浪文化, 2022.05
面；　公分　譯自：Ungdom : københavnertrilogi. 2
ISBN 978-626-95748-3-4（平裝）

881.557　　111002573

文學聚落 Village 002

青春

哥本哈根三部曲 2

Ungdom：Københavnertrilogi II

作者	托芙・迪特萊弗森（Tove Ditlevsen）
譯者	吳岫穎
協力編輯	聞若婷
主編	楊雅惠
校對	聞若婷、楊雅惠
視覺構成	王瓊瑤
出版	潮浪文化／遠足文化事業股份有限公司
發行	遠足文化事業股份有限公司（讀書共和國出版集團）
電子信箱	wavesproject2021@gmail.com
粉絲團	www.facebook.com/wavesbooks
地址	23141 新北市新店區民權路 108-3 號 8 樓
電話	02-22181417
傳真	02-86672166
法律顧問	華洋法律事務所　蘇文生律師
印刷	中原造像股份有限公司
初版一刷	2022 年 5 月
初版三刷	2023 年 8 月
定價	350 元
ISBN	978-626-95748-3-4（平裝）、9786269574841（PDF）、9786269574858（EPUB）